にほんご

穩紮穩打日本語

進階4

目白JFL教育研究会

前言

課堂上的日語教學，主要可分為：一、以日語來教導外國人日語的「直接法（Direct Method）」；以及，二、使用英文等媒介語、又或者使用學習者的母語來教導日語的教學方式，部分老師將其稱之為「間接法」（※：此非教學法的正式名稱）。

綜觀目前台灣市面上的日語教材，絕大部分都是從日方取得版權後，直接在台重製發行的。這些教材的編寫初衷，是針對日本的語言學校採取「直接法」教學時使用，因此對於在台灣的學校或補習班所慣用的「使用媒介語（用中文教日語）」的教學模式來說，並非那麼地合適。且隨著時代的演變，許多十幾年前所編寫的教材，其內容以及用詞也早已不合時宜。

有鑒於網路教學日趨發達，本社與日檢暢銷系列『穩紮穩打！新日本語能力試驗』的編著群「目白 JFL 教育研究會」合力開發了這套適合以媒介語（中文）來教學，且通用於實體課程與線上課程的教材。編寫時，採用簡單、清楚明瞭的版面、句型模組式教學、再配合每一課的對話文以及練習題，無論是「實體一對一家教課程」還是「實體班級課程」，又或是「線上同步一對一、一對多課程」，或「線上非同步預錄課程（如上傳影音平台等）」，都非常容易使用（※ 註：上述透過網路教學時不需取得授權。唯使用本教材製作針對非特定多數、且含有營利行為之非同步課程時，需事先向敝社取得授權）。

此外，本教材還備有以中文編寫的教師手冊可供選購，無論是新手老師還是第一次使用本教材的老師，都可以輕鬆地上手。最後，也期待使用本書的學生，能夠在輕鬆、無壓力的課堂環境上，全方位快樂學習，穩紮穩打地打好日語基礎！

想閱文化編輯部

穩紮穩打日本語 進階 4

本書說明

1. 教材構成

「穩紮穩打日本語」系列，分為「初級」、「進階」、「中級」三個等級。每個等級由 4 冊構成，每冊 6 課、每課 4 個句型。但不包含平假名、片假名等發音部分的指導。完成「進階 1」至「進階 4」課程，約莫等同於日本語能力試驗 N4 程度。另，進階篇備有一本教師手冊與解答合集。

2. 每課內容

・學習重點：提示本課將學習的 4 個句型。

・單字　　：除了列出本課將學習的單字及中譯以外，也標上了詞性以及高低重音。
此外，也會提出各課學習的慣用句。
「サ」則代表可作為「する」動詞的名詞。

・句型　　：每課學習「句型 1」～「句型 4」，除了列出說明外，亦會舉出例句。
每個句型還附有「練習 A」以及「練習 B」兩種練習。
練習 A、B 會視各個句型的需求，增加或刪減。

・本文　　：此為與本課學習的句型相關聯的對話或文章。
左頁為本文，右頁為翻譯，可方便對照。

・隨堂測驗：針對每課學習的練習題。分成「填空題」、「選擇題」與「翻譯題」。
「翻譯題」前三題為「日譯中」、後三題為「中譯日」。

・綜合練習：綜合本冊 6 課當中所習得的文法，做全方位的複習測驗。
「填空題」約 25 ～ 28 題；「選擇題」約 15 ～ 18 題。

3. 周邊教材

「目白 JFL 教育研究會」將會不定期製作周邊教材提供下載，請逕自前往查詢：

http://www.tin.twmail.net/

43

硬（かた）すぎて、 噛（か）みにくいです。

1 ～やすいです

2 ～にくいです

3 動詞＋すぎます

4 形容詞＋すぎます

單字

單字	中文
滑ります（すべ）(動)	滑溜、滑倒
乾きます（かわ）(動)	乾
痩せます（や）(動)	瘦下來
外れます（はず）(動)	脫落、掉下
与えます（あた）(動)	給予
差します（さ）(動)	點（眼藥水）
迷惑します（めいわく）(動)	感到麻煩
処方します（しょほう）(動)	開藥方
はしゃぎます (動)	歡鬧
ぶつかります (動)	撞上
チャレンジします (動)	挑戰
体質（たいしつ）(名 /0)	體質
素材（そざい）(名 /0)	建材、原材料
下宿（げしゅく）(名 /0)	(廉價)住宿公寓
礼儀（れいぎ）(名 /3)	禮貌、禮節
様子（ようす）(名 /0)	情況、情形
機会（きかい）(名 /2)	機會、時機

單字	中文
目薬（めぐすり）(名 /2)	眼藥（水）
生もの（なま）(名 /2)	生鮮食物
山奥（やまおく）(名 /3)	深山
暗記（あんき）(サ /0)	記住、背下來
感謝（かんしゃ）(サ /1)	感謝
開封（かいふう）(サ /0)	拆封、開封
骨（ほね）(名 /2)	骨頭
顎（あご）(名 /2)	下顎、下巴
崖（がけ）(名 /0)	山崖、懸崖
涙（なみだ）(名 /1)	眼淚
鬱（うつ）(名 /1)	憂鬱、鬱悶
肝臓（かんぞう）(名 /0)	肝臟
腎臓（じんぞう）(名 /0)	腎臟
眼球（がんきゅう）(名 /0)	眼球
表面（ひょうめん）(名 /3)	表面
宇宙人（うちゅうじん）(名 /2)	外星人
大腸癌（だいちょうがん）(名 /3)	大腸癌

角膜炎（かくまくえん）(名 /4)	角膜炎
処方食（しょほうしょく）(名 /2)	處方食品
賞味期限（しょうみきげん）(名 /4)	食用期限
自覚症状（じかくしょうじょう）(名 /4)	主觀症狀
電気自動車（でんきじどうしゃ）(名 /5)	EV 電動車
文庫版（ぶんこばん）(名 /0)	平價袖珍版
カップ麺（めん）(名 /3)	杯麵、泡麵
ショート動画（どうが）(名 /4)	短影片
それで (接 /0)	因此、所以
～よう (助動)	好像、似乎 ...。
センス (名 /1)	品味
タイプ (名 /1)	類型
レイアウト (名 /3)	版面
スピード (名 /0)	速度
セラミック (名 /3)	陶瓷
プラスチック (名 /4)	塑膠
ウェットフード (名 /4)	濕糧
固い（かた）(イ /0)	(頭腦) 固執
硬い（かた）(イ /0)	(物品) 很硬
重い（おも）(イ /0)	(網速) 很慢
しつこい (イ /3)	難纏
雑（ざつ）(ナ /0)	粗率隨便
豪華（ごうか）(ナ /1)	豪華
単純（たんじゅん）(ナ /0)	單純、簡單
頑固（がんこ）(ナ /1)	頑固、固執
素直（すなお）(ナ /1)	純樸、天真
几帳面（きちょうめん）(ナ /4)	一絲不苟
シンプル (ナ /1)	簡單
ほどほどに (副 /0)	適度
いくらなんでも (慣)	再怎麼說都太 ...
相談（そうだん）に 乗（の）ります。(慣)	提出建議、與之商量

句型一

～やすいです

「～やすいです」前方若為意志性動詞，則表示「該動作很容易達成、順手」或「心裡上感到容易」；前方若為無意志動詞，則表示「動不動就容易變成某個樣態／事態實現的頻率很高」。褒貶語意皆可使用。另外，「わかりやすい」則為「容易理解」之意。

例句

・去年　イタリアで　買った　かばんは、　大きくて　使いやすいです。

（去年在義大利買的包包，很大，很好使用。）

・この　国は、　天気が　暖かくて　住みやすい。

（這個國家的天氣很溫暖，宜居／很好居住。）

・新しい　課長は　話しやすい　人なので、　何か　困った　ことが　あったら　相談に　乗って　くれるでしょう。

（新課長是個很好講話的人，有什麼困難的話，他會協助你的。）

・最近の　天気は、　風邪を　引きやすいです。

（最近的天氣很容易感冒。）

・私は　太りやすい　体質なので、　食べ物に　気を　つけて　います。

（因為我是易胖體質，所以對食物很小心。）

・ここは　人が　少なくて、　私には　住みやすい　町だ。

（這裡人很少，對我而言是個很好居住的城鎮。）

練習A

1.

この　薬(くすり)	は	飲(の)み	やすいです。
A社(しゃ)の　スマホ		使(つか)い	
日本(にほん)		住(す)み	
この　本(ほん)		読(よ)み	

2.

B社(しゃ)の　製品(せいひん)	は		壊(こわ)れ	やすいです。
夏(なつ)		生(なま)ものが	腐(くさ)り	
雪(ゆき)の　日(ひ)			滑(すべ)り	
この　教科書(きょうかしょ)		内容(ないよう)が	わかり	

練習B

1. 例(れい)：この　ポールペン・書(か)きます

→　この　ボールペンは　書(か)きやすいです。

① T社(しゃ)の　電気自動車(でんきじどうしゃ)・運転(うんてん)します

② 昨日(きのう)　買(か)った　靴(くつ)・履(は)きます

③ あの　店(みせ)・入(はい)ります

2. 例(れい)：山(やま)の　天気(てんき)・変(か)わります

→　山(やま)の　天気(てんき)は　変(か)わりやすいです。

① セラミック製(せい)の　お皿(さら)・割(わ)れます

② 白(しろ)い　シャツ・汚(よご)れます

③ 暗記(あんき)・忘(わす)れます

句型二

～にくいです

「～にくいです」前方若為意志性動詞，則表示「某動作做起來很費勁、困難」或「心裡上感到困難」；前方若為無意志動詞，則表示「不容易發生，或不容易變成某個樣態」。褒貶語意皆可使用。另外，「わかりにくい」則為「很難理解之意」。

例句

・あの　会社の　製品は、　作りが　雑で　使いにくいです。
（那間公司的產品做工很粗糙，很難用。）

・この　車は、　古くて　運転しにくい。（這台車子很舊，很難開。）

・社長は　頭が　固いから　相談しにくいです。（社長很固執，很難商量事情。）

・この　家は　燃えにくい　素材で　建てられて　います。
（這房子是用不容易燃燒的材質興建的。）

・大腸癌は　自覚症状が　出にくい　病気なので、　自分では　なかなか　気づきにくいです。
（大腸癌是不容易顯現出主觀症狀的疾病，因此自己很難發現。）

・この　魚は、　骨が　多くて　子供には　食べにくい。
（這個魚的骨頭很多，對於小孩而言不容易食用。）

練習A

1.

この 靴(くつ)	は		歩(ある)き にくいです。
S社(しゃ)の スマホ			使(つか)い
ニューヨーク		物価(ぶっか)が 高(たか)くて	住(す)み
この 辞書(じしょ)		字(じ)が 小(ちい)さくて	読(よ)み

2.

プラスチック製(せい)の コップ	は		割(わ)れ にくいです。
この 病気(びょうき)			治(なお)り
雨(あめ)の 日(ひ)		洗濯物(せんたくもの)が	乾(かわ)き
あの 人(ひと)が 書(か)いた 文章(ぶんしょう)			わかり

練習B

1. 例(れい)：東京(とうきょう)は 物価(ぶっか)が 高(たか)いです。（生活(せいかつ)します）
   → 東京(とうきょう)は、 物価(ぶっか)が 高(たか)くて 生活(せいかつ)しにくいです。
   ① あの 宿(やど)は 山奥(やまおく)に あります。（行(い)きます）
   ② この 道(みち)は 狭(せま)いです。（運転(うんてん)します）
   ③ 感謝(かんしゃ)の 言葉(ことば)は 恥(は)ずかしいです。（言(い)います）

2. 例(れい)：暗(くら)いです・見(み)えません
   → 暗(くら)くて、見(み)えにくいです。
   ① 音(おと)が 小(ちい)さいです・聞(き)こえません
   ② 丈夫(じょうぶ)です・割(わ)れません
   ③ 複雑(ふくざつ)です・わかりません

句型四

形容詞＋すぎます

延續上個句型，「～すぎます」亦可接續於形容詞後方。イ形容詞必須去掉結尾「～い」；ナ形容詞則是直接加在語幹後方。唯獨接續於「～ない」的後方時，必須改為「～なさすぎます」的形式。

例句

・昨日(きのう)、　ネットで　買(か)った　服(ふく)は　サイズが　大(おお)きすぎました。
（我昨天在網路上買的衣服尺寸太大了。）

・台湾(たいわん)は　夏(なつ)が　長(なが)すぎます。（台灣夏天太長了。）

・この　方法(ほうほう)は　複雑(ふくざつ)すぎますから、　あの　方法(ほうほう)で　やりましょう。
（這個方法太複雜了，用那個方法來做吧。）

・東京(とうきょう)の　家(いえ)は、　高(たか)すぎて　買(か)えません。（東京的房子太貴，買不起。）

・吉祥寺(きちじょうじ)は、　人(ひと)が　多(おお)すぎて　住(す)みにくい。
（吉祥寺人太多了，很難住／住起來不舒服。）

・見(み)て、　あの人(ひと)。　服(ふく)の　センスが　なさすぎます／なさすぎです。
（你看那個人，穿衣品味也太差了吧／也太沒品味了吧。）

・これは　いくらなんでも　高(たか)すぎます／高(たか)すぎです。（這個怎麼說都太貴了。）

練習A

1. 日本語 は 難し すぎます。
   私の 部屋 / 狭
   下宿の おばさん / 親切
   うちの 社長 / 頑固

2. しつこ すぎると、 嫌われますよ。
   優し
   几帳面
   真面目

練習B

1. 例：ここは 静かです・怖いです
   → ここは、 静かすぎて 怖いです。
   ① この スイカは 大きいです・冷蔵庫に 入りません
   ② この 料理は 辛いです・食べられません
   ③ この 道は 狭いです・運転しにくいです
   ④ 先生の 声が 小さいです・はっきり 聞こえません
   ⑤ 隣の 人は 親切です・迷惑して います
   ⑥ この 説明書は 複雑です・わかりにくいです
   ⑦ 社長の 家は 豪華です・びっくりしました
   ⑧ 彼は 優しいです・一緒に いると 疲れて しまいます
   ⑨ 息子は 礼儀が ありません・困って います

本文

（小狗 Peko 眼睛受傷去看醫生，小陳順道詢問另一隻小狗 Meimei 的飼料問題。）

医者（いしゃ）：ペコちゃん、 どうしたんですか。

陳（チン）　：メイメイちゃんと 遊（あそ）んで いる 時（とき）に はしゃぎすぎて、テーブルの 足（あし）に ぶつかって しまったんです。 それで 目（め）が 開（あ）かなく なって、 涙（なみだ）も 止（と）まらなく なって いるんです。

医者（いしゃ）：目（め）の 検査（けんさ）を しますね。 どれどれ？
眼球（がんきゅう）の 表面（ひょうめん）に 傷（きず）が ついて、 角膜炎（かくまくえん）を 起（お）こして いますね。
目薬（めぐすり）を 処方（しょほう）しますから、 1日（いちにち）に 3回（さんかい） 差（さ）して あげて、 しばらく 様子（ようす）を 見（み）ましょう。

医者（いしゃ）：他（ほか）に 何（なに）か 気（き）に なる ことは ありませんか。

醫生：Peko 怎麼了呢？

小陳：他和 Meimei 玩的時候，玩得太過火，撞到了桌腳。因此眼睛張不開，眼淚也流個不停。

醫生：我來檢查眼睛，我看看。眼球表面有受傷，因而引發了角膜發炎。我開點眼藥水給你，你一天幫他點三次眼藥水，然後觀察一段時間看看吧。

醫生：其他還有什麼 < 在意的 > 事情嗎？

陳(チン)　：はい、　ペコちゃんじゃ　なくて、　メイメイちゃんの
ことなんですが。
今(いま)　食(た)べさせて　いる　腎臓(じんぞう)の　処方食(しょほうしょく)ですが、　もっと
食(た)べやすいのは　ありませんか。　今(いま)のは　硬(かた)すぎて、
噛(か)みにくいようで、　メイメイちゃんが　食(た)べて
くれないんです。

医者(いしゃ)：でしたら、　こちらの　ウェットフードタイプを　試(ため)して
みては　どうですか。　でも　開封後(かいふうご)の　賞味期限(しょうみきげん)は
短(みじか)くて、　腐(くさ)りやすいですから　気(き)を　つけて
くださいね。

陳(チン)　：あっ、　それから、　メイメイちゃんは　最近(さいきん)　おやつを
よく　ねだるんですが、　与(あた)えても　大丈夫(だいじょうぶ)でしょうか。

医者(いしゃ)：おやつの　食(た)べすぎは　体(からだ)に　よくないですから、
ほどほどにね。

陳(チン)　：わかりました。　ありがとう　ございました。

小陳：有。不是 Peko 而是 Meimei 的事。現在餵給她吃的腎臟的處方糧食，

有沒有更容易食用的。

現在吃的好像太硬了，很難咬，所以 Meimei 都不吃。

醫生：那麼，要不要試試看這種濕糧型的。但是它開封後的有效期限很短，

容易壞掉，要留意喔。

小陳：啊，還有，Meimei 最近都很常要點心吃，可以給她嗎？

醫生：點心吃過頭對身體不好，要適量喔。

小陳：了解了。謝謝您。

隨堂測驗

填空題

1. この　本は、　レイアウト（　　　）　シンプルで　読みやすいです。

2. 文庫版の　本は、　目の　悪い　私（　　　）は　読みにくいです。

3. 子供は　（素直です　→　　　　　　　　　）、　騙されやすいです。

4. ネットが　（重いです　→　　　　　　　　　）、　繋がりにくいです。

5. 甘い　もの（　　　）　食べすぎは　体に　よくないですよ。

6. これを　使って　みて（　　　）　どうですか。

7. この　頃は　お金が　（ありません　→　　　　　　　　）すぎて、
　カップ麺しか　食べられなかった。

8. スピードを　（出しすぎます　→　　　　　　　　　　）と
　交通事故に　遭いますよ。

選擇題

1. A社の　スマホは　高いですが、　とても　使い（　）です。
　1　やすい　　2　にくい　　3　つらい　　4　すぎ

2. この　問題は　小学生には　（　）　すぎます。
　1　難しい　　2　難し　　3　難しく　　4　難しで

3. 昨日の　パーティーで　飲みすぎた。
　（　）　二日酔いに　なって　しまった。
　1　でしたら　　2　それでは　　3　それで　　4　それに

4. A：北向(きたむ)きの　部屋(へや)は　冬(ふゆ)に　なると　寒(さむ)いんです。

　B：（　）、　こちらの　南(みなみ)の　部屋(へや)は　いかがですか。

　1　あるいは　　2　ところで　　3　それから　　4　でしたら

5. 大丈夫(だいじょうぶ)ですか。　何(なに)か　気(き)（　）　ことが　あったら、
相談(そうだん)して　くださいね。

　1　が　する　　2　に　なる　　3　が　合(あ)う　　4　を　つける

6. 目(め)やにが　ついて、　目(め)（　）んです。

　1　を　開(あ)けない　　2　が　開(あ)かない

　3　を　開(あ)けられない　　4　が　開(あ)かれない

翻譯題

1. Facebook(フェイスブック)とかの　SNS(エスエヌエス)を　見(み)すぎると、　鬱(うつ)に　なるから　あまり
見(み)ない　ほうが　いいよ。

2. えっ？　こんな　ことで　子供(こども)を　殴(なぐ)るの？　いくらなんでも　酷(ひど)すぎる！

3. いい　機会(きかい)なので　チャレンジして　みては　どうですか。

4. 這條路車子很多，很難走路。

5. 鄉下的土地很難賣掉（売(う)れます）。

6. 喝酒喝太多對身體不好，要適量喔。

Memo

44

最近(さいきん)は　SNS(エスエヌエス)も 使(つか)うように　なりました。

1. ～ように
2. ～ないように
3. ～ように　なります
4. ～ように　します

單字

單字	中文
干(ほ)します（動）	曬、晾
騙(だま)します（動）	欺騙
祈(いの)ります（動）	祈禱
枯(か)れます（動）	枯萎
繋(つな)ぎます（動）	繫、栓
触(ふ)れます（動）	接觸、觸碰
刻(きざ)みます（動）	剁細、切碎
沸(わ)かします（動）	煮沸、燒開
広(ひろ)まります（動）	謠言傳播開來
広(ひろ)がります（動）	眼界擴展開來
退屈(たいくつ)します（動）	無聊
保管(ほかん)します（動）	保管
報告(ほうこく)します（動）	報告
購入(こうにゅう)します（動）	買進
発展(はってん)します（動）	發展

單字	中文
早寝早起(はやねはやお)きします（動）	早睡早起
セットします（動）	設定、安裝
トッピングします（動）	加佐料
リニューアルします（動）	更新、重新裝潢
終電(しゅうでん)（名 /0）	末班電車
急行(きゅうこう)（名 /0）	快車
特急(とっきゅう)（名 /0）	特快車
速達(そくたつ)（名 /0）	限時專送快遞
書斎(しょさい)（名 /0）	書房、書齋
機内(きない)（名 /1）	飛機內
社内(しゃない)（名 /1）	公司內
金庫(きんこ)（名 /1）	金庫、保險櫃
事件(じけん)（名 /1）	事件、案件

單字	讀音	詞性/重音	中文
評判	ひょうばん	（名 /0）	名聲、評價
規則	きそく	（名 /1）	規則
主義	しゅぎ	（名 /1）	信念、主張
食後	しょくご	（名 /0）	飯後
視野	しや	（名 /1）	眼界、眼光
庭	にわ	（名 /0）	庭院
蚊	か	（名 /0）	蚊子
お湯	ゆ	（名 /0）	熱水
小皿	こざら	（名 /0）	小碟子
物事	ものごと	（名 /2）	事情、事物
神様	かみさま	（名 /1）	神、神明
網戸	あみど	（名 /2）	紗窗、紗門
持ち手	もちて	（名 /3 或 0）	把手部分
認知症	にんちしょう	（名 /0）	失智症狀
睡眠薬	すいみんやく	（名 /3）	安眠藥
ビタミン剤	ざい	（名 /0）	維他命
目覚まし時計	めざ／どけい	（名 /5）	鬧鐘
リマインダー機能	きのう	（名 /7）	提醒功能
ニュース番組	ばんぐみ	（名 /4）	新聞節目
オン		（名 /1）	開啟、ON
オフ		（名 /1）	關閉、OFF
ソフト		（名 /1）	電腦軟體
オンライン		（名 /3）	線上
ネイティブ		（名 /1）	母語者
マンツーマン		（名 /3）	一對一
フード		（名 /1）	寵物糧食
リード		（名 /1）	寵物牽繩
カーテン		（名 /1）	窗簾

單字

單字	中文
カロリー（名/1）	熱量大卡
バイク（名/1）	摩托車、機車
リハビリ（名/0）	復健
ウェディングドレス（名/5）	結婚禮服、婚紗
インデックスファンド（名/7）	指數型基金
着替え（きがえ）（サ/0）	換衣服
無駄話（むだばなし）（サ/3）	閒聊、閒話
挨拶（あいさつ）（サ/1）	打招呼、問候
受験（じゅけん）（サ/0）	應考、應試
下見（したみ）（サ/0）	預先看、預先檢查
予防（よぼう）（サ/0）	預防
多め（おおめ）（ナ/0）	份量稍多
早め（はやめ）（ナ/0）	提前、提早
細かい（こまかい）（イ/3）	細小
脂っこい（あぶらっこい）（イ/5）	油膩
ぐっすり（副/3）	熟睡貌
なるべく（副/0）	盡可能地
できるだけ（副/0）	盡所能地
具体的に（ぐたいてきに）（副/0）	具體上
一時（いちじ）（副/2）	過去的一段時期
～費（ひ）（助數）	.. 費用
～以来（いらい）（名/1）	自 ... 以後
～ずつ（副助/1）	各 ...（重複固定的數量）
振り仮名（ふりがな）（名/3）	注假名
言葉遣い（ことばづかい）（名/4）	用字遣詞
締め切り（しめきり）（名/0）	截止
入国禁止（にゅうこくきんし）（名/5）	禁止入境

讀音	單字	中文
そうちょうべんきょう	早朝勉強（名 /5）	晨讀
しゅうごう じ かん	集合時間（名 /5）	集合時間
てい き	定期（名 /1）	定期、固定期間
ていがく	定額（名 /0）	固定金額
し さんけいせい	資産形成（名 /4）	累積財富
かいがいかぶ	海外株（名 /3）	國外股票
かわせ へんどう	為替変動リスク（名 /8）	匯差風險
ち せいがくてき	地政学的リスク（名 /8）	地緣政治風險
こうれい か しゃかい	高齢化社会（名 /6）	高齡化社會
て だ	手を　出します。（慣）	出手、參與
ちょう	超～（接頭 /1）	超 ...
い	そう言えば（慣）	對了、經你這麼一提 ...
いや おも	嫌な　思い（慣）	不好的感覺
み まわ	身の　回り（慣）	個人周遭的 ...
わ だい	話題に　なる（慣）	蔚為話題

※真實社名：

讀音	單字	中文
ネットフリックス	Netflix（名 /5）	網飛、Netflix

句型一

～ように

「～ように」用於表「目的」。「A ように、B」，A 為說話者期盼能夠實現的目標或狀態，而 B 則是為了達成 A 所做的努力。A 動詞必須說話者無法操控的無意志動詞（第三人稱的意志性動作亦是屬於說話者無法操控的）。

例句

・先生の　話が　聞こえるように、　教室の　一番前の　席に　座りました。
（為了可以聽清楚老師講的話，我坐到了教室最前排的位置。）

・英語が　上手に　話せるように、　オンラインで　ネイティブの　先生と　マンツーマンで　授業を　受けて　います。
（為了英文可以講得好，我在網路上接受母語者老師一對一的課程。）

・外国人にも　読めるように、　漢字に　振り仮名を　つけました。
（為了讓外國人也能讀懂，在漢字上標注了假名。）

・子供にも　わかるように、　簡単に　説明して　ください。
（請簡單說明，讓小孩也能懂。）

・病気が　早く　治るように、　毎日　薬を　飲んで　います。
（希望病可以早點痊癒／為了讓病早點好，所以每天都吃藥。）

・犬が　食べるように、　フードに　色々　トッピングして　みた。
（希望小狗會吃飼料，而在飼料上嘗試加上了各式各樣的佐料。）

練習 A

1. ウェディングドレスが　着られる　ように、　ダイエットして　います。
   いつでも　温かい　お茶が　飲める　　　　お湯を　沸かして　あります。

2. 終電に　間に　合う　ように、　走りましょう。
   荷物が　早く　届く　　　　　速達で　出しました。

3. 子供が　よく　勉強する　ように、　書斎の　ある　家を　買いました。
   若い　お客様が　来る　　　　　　売り場を　リニューアルしました。

練習 B

1. 例：漢字が　読めます・毎日　10 個ずつ　覚えます
   → 漢字が　読めるように、　毎日　10 個ずつ　覚えます。
   ① 黒板の　字が　見えます・一番前の　席に　座りました
   ② 朝　起きられます・目覚まし時計を　セットしました
   ③ ぐっすり　眠れます・睡眠薬を　多めに　飲みました
   ④ 彼が　もう　一度　歩けます・リハビリを　頑張って　ほしいです
   ⑤ 元気が　出ます・ビタミン剤の　サプリを　飲んで　います
   ⑥ 新鮮な　空気が　入ります・窓を　開けました
   ⑦ 洗濯物が　早く　乾きます・外に　干して　あります
   ⑧ 試験に　合格します・一生懸命　勉強しなさい

句型二

～ないように

延續上個句型。「～ないように」用於表達「說話者期盼此狀態不要實現」，而做了後句這件事。前句動詞一樣必須是說話者無法操控的無意志動詞。

例句

・将来　お金に　困らないように、　一生懸命　貯金して　います。
（希望將來不為錢所苦／為了將來不會沒錢，所以現在努力存錢。）

・雨が　降らないように、　てるてる坊主を　吊るしました。
（希望不要下雨，所以掛上了晴天娃娃。）

・風が　入らないように、　窓を　閉めた。（為了不讓風吹進來，我關上了窗戶。）

・遅刻しないように、　早めに　家を　出よう。（為了不遲到，提早出家門吧。）

・家族が　心配しないように、　毎日　連絡して　います。
（希望家人可以不要擔心／為了不讓家人擔心，我每天都會聯絡家裡。）

・息子が　機内で　退屈しないように、　タブレットに　アニメを　いっぱい　ダウンロードして　おいた。
（為了讓兒子在飛機裡不會無聊，我下載了很多動畫影片到平板電腦上。）

練習A

1.

眠く　ならない	ように、	コーヒーを　飲みます。
騙されない		気を　つけましょう。
地震が　起きない		祈りましょう。
子供が　機内で　騒がない		睡眠薬を　飲ませました。

練習B

1. 例：風邪を　引きません・気を　つけて　ください

　→　風邪を　引かないように、　気を　つけて　ください。

① 両親に　心配を　掛けません・真面目に　働いて　います

② 赤ちゃんを　起こしません・静かに　歩いて　ください

③ これ以上　太りません・ダイエットを　して　います

④ 忘れません・スマホの　リマインダー機能を　オンに　しました

⑤ 食べすぎません・小皿に　出して　います

⑥ 盗まれません・金庫に　入れて　保管して　あります

⑦ 他人に　嫌な　思いを　させません・言葉遣いに　気を　つけましょう

⑧ 花が　枯れません・毎日　水を　やるのを　忘れないで　ください

⑨ 犬が　どこかへ　行って　しまいません・リードで　繋いで　おきます

⑩ 外から　見えません・カーテンは　いつも　閉めて　あります

句型三

～ように　なります

「～ように　なります」用於表「能力、狀況或習慣的轉變」。意思是「原本不會的事情，但經過努力後，有了這樣的能力（可能動詞）」或「原本不是這個狀況／沒有這個習慣的，但由於某個契機，現在狀況／習慣已與以前不一樣了」。

其否定講法為「～なく　なります」，意思是「原本有此能力、狀況或習慣，但現在沒了」。此描述方式已於「進階 3」第 40 課「句型 1」（練習 A）學習過。

例句

・息子は、　やっと　一人で　学校へ　行けるように　なりました。
（我兒子總算會獨自一人去上學了。）

・あの　事件　以来、　妹は　ニュース番組を　見るように　なりました。
（自從那個事件發生以後，妹妹就會關注新聞節目了／以前不看，現在會看。）

・彼は　社会人に　なって　から、　お酒を　飲むように　なった。
（他出社會後，就開始會喝酒了／以前不喝，現在會喝。）

・新しい　ビルが　できたから、　窓から　東京タワーが　見えなく　なった。
（因為新大樓完工，所以從窗戶看不見東京鐵塔了。）

・ここは　中国人観光客が　来るように　なってから、　他の　国の　人が　来なく　なった。
（自從中國觀光客都會來這裡以後，其他國家的人就不來了。）

練習A

1. 日本語の　新聞が　読める　ように　なりました。
   テレビの　英語が　わかる
   うちの　庭に　鳥が　来る
   この　駅に　急行が　止まる

2. 母は　病気で　歩けなく　なりました。
   彼は　宝くじに　当たってから　貯金しなく

練習B

1. 例：着替えは　一人で　できるように　なりましたか。
   → いいえ、　まだ　できません。　早く　できるように　なりたいです。
   ① ケーキが　作れるように　なりましたか。
   ② リハビリで　歩けるように　なりましたか。
   ③ 新しい　ソフトが　使えるように　なりましたか。

2. 例：年を　取りました・はっきり　見えません
   → 年を　取ったから、　はっきり　見えなく　なった。
   ① コロナで　入国禁止に　なりました・国へ　帰れません
   ② 鍵を　家の　中に　忘れて　しまいました・入れません
   ③ タブレットを　買いました・パソコンを　使いません
   ④ 彼と　喧嘩しました・二人は　話しません
   ⑤ 悪い　評判が　広まりました・お客さんが　来ません

句型四

～ように　します

「～ように　します」用於表「盡可能地朝這方面做努力…」。亦可使用「ように　（して　ください）」來給予聽話者「勸告」，請求聽話者朝此方面努力。若是使用「ように　して　います」，則表示「說話者之前就決定」將會盡量，盡最大努力這麼做，並且至目前為止，仍然持續著這樣的努力。前方亦可直接接續否定句。

例句

・早朝勉強の　ために、　明日から　２時間　早く　起きるように　します。
（為了晨讀，我從明天起會盡量提早兩小時起床。）

・これから、　会社の　飲み会には　できるだけ　参加しないように　する。
（從今以後，我盡量不參加公司的聚餐飲酒會。）

・会社を　休む　時は、　必ず　上司に　連絡するように　して　ください。
（如果公司要請假，請務必要跟上司聯絡。）

・パスポートが　ないと　海外へ　行けないので、　忘れないように　して　ください。
（沒護照就無法去國外，請務必不要忘記。）

・やり方を　教えて　あげると　自分の　頭で　考えなく　なるから、　なるべく　教えないで　自分で　考えさせるように　して　います。
（跟他講怎麼做，他就會變得無法自己思考，因此我盡量都不教，讓他自己想。）

・夜は　スマホを　見ないように　して　いる。（晚上我盡量不看智慧型手機。）

練習 A

1. 規則(きそく)は　必(かなら)ず　守(まも)る
   レポートは　締(し)め切(き)り前(まえ)に　提出(ていしゅつ)する
   約束(やくそく)を　忘(わす)れない
   集合時間(しゅうごうじかん)に　遅(おく)れない
   ように　（して　ください）。

2. 毎日(まいにち)　サプリを　飲(の)む
   できるだけ　体(からだ)を　動(うご)かす
   仕事中(しごとちゅう)は　無駄話(むだばなし)を　しない
   カロリーが　高(たか)い　ものは　食(た)べない
   ように　して　います。

練習 B

1. 例(れい)：社内(しゃない)で　上司(じょうし)に　会(あ)ったら、　必(かなら)ず　挨拶(あいさつ)を　します。
   → 社内(しゃない)で　上司(じょうし)に　会(あ)ったら、　必(かなら)ず　挨拶(あいさつ)を　するように　しましょう。
   ① 何(なに)か　あったら、　必(かなら)ず　上司(じょうし)に　報告(ほうこく)します。
   ② 予定(よてい)が　変(か)わったら、　必(かなら)ず　上司(じょうし)に　連絡(れんらく)します。
   ③ わからない　ことが　あったら、　必(かなら)ず　上司(じょうし)に　相談(そうだん)します。

2. 例(れい)：体(からだ)の　調子(ちょうし)が　悪(わる)い　時(とき)は、　うちで　ゆっくり　休(やす)みます。
   → 体(からだ)の　調子(ちょうし)が　悪(わる)い　時(とき)は、　うちで　ゆっくり　休(やす)むように　して　います。
   ① 時間(じかん)が　なくても、　毎日(まいにち)　親(おや)に　電話(でんわ)します。
   ② 時間(じかん)の　無駄(むだ)ですから、　SNS(エスエヌエス) は　使(つか)いません。
   ③ 受験前日(じゅけんぜんじつ)には、　試験会場(しけんかいじょう)の　下見(したみ)を　します。
   ④ 私(わたし)は、　わからない　物(もの)には　投資(とうし)を　しません。

本文

（小陳和隔壁鄰居春日先生談老後問題）

陳(チン)：今(いま)、日本(にほん)は　超高齢化社会(ちょうこうれいかしゃかい)と　言(い)われて　いますが、
春日(かすが)さんは　老後(ろうご)の　ために　何(なに)か　して　いますか。

春日(かすが)：ええ。　年(とし)を　取(と)っても　自分(じぶん)で　身(み)の　回(まわ)りの　ことが
できるように、　健康(けんこう)に　気(き)を　つけて　います。

陳(チン)：具体的(ぐたいてき)には　どんな　ことを　して　いるんですか。

春日(かすが)：そうですね。　なるべく　体(からだ)を　動(うご)かすとか、　脂(あぶら)っこい
ものを　食(た)べないように　するとかですね。
そうそう、　最近(さいきん)は　SNS(エスエヌエス)も　使(つか)うように　なりましたよ。
新(あたら)しい　物事(ものごと)に　触(ふ)れると　認知症(にんちしょう)の　予防(よぼう)にも
なるんですって。

陳(チン)：「老後(ろうご)の　生活費(せいかつひ)が　２千万円(せんまんえん)　足(た)りない」と　いうのが
一時(いちじ)　話題(わだい)に　なって　いましたが、　投資(とうし)とかは　して
いますか。

春日(かすが)：そうですね。　将来(しょうらい)　息子(むすこ)に　迷惑(めいわく)を　かけないように、
投資(とうし)も　考(かんが)えないと　いけませんね。

小陳：現在日本被認為是超高齡化社會，

春日先生你有為了老後在做什麼事情嗎？

春日：有。我為了讓自己即便老了都還能自理生活瑣事，所以很注重健康。

小陳：具體上，你是做什麼事情呢。

春日：嗯，盡量讓身體動起來，或者盡量不吃太油膩的東西等等。

對了，我最近也開始使用社交軟體了。聽說接觸新的事物，

也可以預防老人癡呆。

小陳：前一陣子「老後生活費不足 2000 萬日圓」一事曾蔚為話題，

你有在做投資之類的事嗎？

春日：嗯，為了將來不要給兒子添麻煩，也必須要考慮一下投資的事情。

春日：私は、　わからない　ものには　投資しない　主義なので、
今は　定期定額で　インデックスファンドに　投資を
して　いるだけです。

陳　：そう言えば、　最近は　海外の　株も　簡単に
買えるように　なりましたね。

春日：海外株は　為替変動リスクとか、　地政学的リスクなど、
私には　難しすぎるので、　手を
出さないように　して　います。

春日：我一直都秉持著不投資不懂的事，因此現在只有定期定額投資指數型基金而已。

小陳：對了，最近國外的股票也很容易就可以購買了耶。

春日：海外股票有匯差上的風險，也有地緣政治上的風險，對我而言太困難了，所以我盡量不出手（購買）。

隨堂測驗

填空題（請填入「ように」或「ために」）

1. 起業(きぎょう)する（　　　　　　）、　貯金(ちょきん)して　います。

2. 日本語(にほんご)が　話(はな)せる（　　　　　　）、　毎日(まいにち)　練習(れんしゅう)して　います。

3. この　病気(びょうき)を　治(なお)す（　　　　　　）、　アメリカに　渡(わた)りました。

4. 病気(びょうき)が　早(はや)く　治(なお)る（　　　　　　）、　神様(かみさま)に　祈(いの)りました。

5. うちの　中(なか)へ　蚊(か)が　入(はい)らない（　　　　　　）、　網戸(あみど)を　閉(し)めて　います。

6. よく　見(み)える（　　　　　　）、　字(じ)を　大(おお)きく　書(か)いて　ください。

7. Netflix(ネットフリックス)を　見(み)る（　　　　　　）、　大(おお)きい　タブレットを購入(こうにゅう)した。

8. 健康(けんこう)の（　　　　　　）、　早寝早起(はやねはやお)きします。

選擇題

1. 親(おや)（　）　心配(しんぱい)しないように、　毎日(まいにち)　連絡(れんらく)して　います。

　1　が　　　2　に　　　3　を　　　4　は

2. 子供(こども)（　）も　食(た)べて　もらえるように、　細(こま)かく　刻(きざ)んで　あります。

　1　が　　　2　に　　　3　を　　　4　は

3. 近(ちか)くに　デパートが　できたから、　お客(きゃく)さんは　うちの　店(みせ)に　（　）
なった。

　1　来(こ)ないに　　　2　来(こ)ないで　　　3　来(こ)なくて　　　4　来(こ)なく

4. この　駅に　特急が　止まるように　（　）、　さらに　町が　発展して　きました。

1　なるのは　　2　なったのに　　3　なってから　　4　なっては

5. 食後は、　必ず　歯を　磨く（　）　います。

1　ように　なって　　2　ように　して

3　ために　なって　　4　ために　して

6. 健康の　（　　）に、　毎晩　早く　寝る（　　）に　して　います。

1　ため／よう　　2　よう／ため　　3　ため／ため　　4　よう／よう

翻譯題

1. 資産形成の　ために、　給料が　入ったら　株を　少しずつ　買うように　して　います。

2. 日本語が　できるように　なると、　視野が　もっと　広がりますよ。

3. 傘を　間違えられないように、　持ち手に　自分の　名前を　書きました。

4. 為了讓小孩也可以讀懂，我用平假名寫了。

5. 我總算會騎摩托車（バイク）了。

6. 我盡可能地每日都讀／學習日文。

45

どうやって　申請(しんせい)すれば　いいですか。

1. 條件形
2. 動作性述語＋ば
3. 狀態性述語＋ば
4. ナ形容詞／名詞＋なら

單字

讀音	單字	詞性	中文
へんぴん	返品します	(動)	退貨
れんけい	連携します	(動)	配對、連動
けっさい	決済します	(動)	結帳、支付
たの	楽しみます	(動)	享樂、期待
もう こ	申し込みます	(動)	申請
だ	抱きしめます	(動)	抱緊、摟住
かわせ	為替	(名 /0)	外匯、匯兌
たんい	単位	(名 /1)	學分
とち	土地	(名 /0)	土地
かち	価値	(名 /1)	價值
しんゆう	親友	(名 /0)	好朋友
ぎょうしゃ	業者	(名 /1)	業者
さぎ	詐欺	(名 /1)	詐欺、詐騙
りょうてい	料亭	(名 /0)	高級日式料理店
かんこう	観光	(名 /0)	觀光
しく	仕組み	(名 /0)	構造、結構
てつづ	手続き	(名 /2)	手續
ちょうみりょう	調味料	(名 /3)	調味料
かいせきりょうり	会席料理	(名 /5)	會席料理
げんちじかん	現地時間	(名 /4)	當地時間
へんかん	変換	(サ /0)	轉換、變換
ゆうり	有利	(ナ /1)	有利的
かのう	可能	(ナ /0)	可以、可能
ぞんぶん	存分	(ナ /0)	盡情、充分
	サイト	(名 /0)	網站
こうしき	公式サイト	(名 /5)	官方網站
	ポイント	(名 /0)	點數
	スマートウォッチ	(名 /5)	智慧型手錶

ビジネスクラス（名 /5）	商務艙
プログラミング（サ /0）	程式設計
手（て）を　貸（か）します（慣）	幫助
手（て）を　叩（たた）きます（慣）	拍手
コツを　掴（つか）みます（慣）	掌握訣竅
承認（しょうにん）されます（慣）	獲得批准
構（かま）いません（慣）	無所謂
3泊（さんぱく）5日（いつか）（慣）	三天五夜
何（なん）なら（副 /3）	要不然、如果需要的話 ...

※真實地名：

オアフ島（とう）（名 /0）	歐胡島
マウイ島（とう）（名 /0）	茂宜島
ワイキキビーチ（名 /5）	威基基海灘

※真實店名服務與物品：

ポール（名 /1）	PAUL 麵包
ドンペリ（名 /0）	唐培里儂香檳王
ヤマダ電機（でんき）（名 /4）	亞瑪達電器
地球（ちきゅう）の歩（ある）き方（かた）（名）	地球步方
国土安全保障省（こくどあんぜんほしょうしょう）（名）	國土安全部
電子渡航認証（でんしとこうにんしょう）システム（名）	旅行授權電子系統

句型一

條件形

所謂的條件形，為動詞與形容詞的一種活用型態。以「A ば（條件形）、B」的形式，來表達「為了讓 B 這件事成立，A 為其必要條件」。

一類動詞僅需將（～i ます）改為（～e）段音，並加上「ば」；二類動詞則將ます去掉替換為「れば」；三類動詞則是死記即可。

一類動詞：	二類動詞：
・買います → 買えば	・見ます → 見れば
・書きます → 書けば	・起きます → 起きれば
・消します → 消せば	・出ます → 出れば
・待ちます → 待てば	・寝ます → 寝れば
・死にます → 死ねば	・食べます → 食べれば
・読みます → 読めば	・教えます → 教えれば
三類動詞「来ます」：	三類動詞「します」：
・来ます → 来れば	・します → すれば

イ形容詞僅需去掉語尾「～い」，再加上「～ければ」即可。「いい」則是需要轉為「よければ」。ナ形容詞與名詞則是將「です／だ」改為「～なら」即可。

イ形容詞：	ナ形容詞：
・暑い → 暑ければ	・暇です → 暇なら
・正しい → 正しければ	・静かです → 静かなら
・美味しい → 美味しければ	・綺麗です → 綺麗なら
・いい → よければ（例外）	・学生です → 学生なら

條件形的否定，則是先將各品詞改為「ない形」後，再去掉語尾「〜い」，加上「〜ければ」。

動詞條件形否定：	イ形容詞條件形否定：	ナ形容詞與名詞條件形否定：
・行(い)かない→　行(い)かなければ	・暑(あつ)くない　→　暑(あつ)くなければ	・暇(ひま)ではない→　暇(ひま)でなければ
・飲(の)まない→　飲(の)まなければ	・正(ただ)しくない→　正(ただ)しくなければ	暇(ひま)じゃない→　暇(ひま)じゃなければ
・言(い)わない→　言(い)わなければ		・彼(かれ)ではない→　彼(かれ)でなければ
・食(た)べない→　食(た)べなければ		彼(かれ)じゃない→　彼(かれ)じゃなければ

練習 B

請將下列動詞改為條件形

例(れい)：	来(き)ます	（　来(く)れば　）	行(い)きます	（　行(い)けば　）
01.	言(い)います	（　　）	働(はたら)きます	（　　）
02.	歩(ある)きます	（　　）	急(いそ)ぎます	（　　）
03.	話(はな)します	（　　）	飲(の)みます	（　　）
04.	やります	（　　）	入(はい)ります	（　　）
05.	考(かんが)えます	（　　）	調(しら)べます	（　　）
06.	やめます	（　　）	います	（　　）
07.	結婚(けっこん)します	（　　）	勉強(べんきょう)します	（　　）
08.	寒(さむ)いです	（　　）	高(たか)いです	（　　）
09.	安全(あんぜん)です	（　　）	真面目(まじめ)です	（　　）
10.	帰(かえ)りません	（　　）	食(た)べません	（　　）
11.	寒(さむ)くないです	（　　）	重(おも)くないです	（　　）
12.	好(す)きじゃない	（　　）	便利(べんり)じゃない	（　　）

句型二

動作性述語＋ば

條件形「～ば」，會隨著前接的品詞性質不同，而有不同的意思與文法限制。本句型學習前接「動作性述語」的「肯定句」時（※註：あります、います、できます為狀態性動詞）。用來表達「為了要讓後述事項成立，前面的動作是必要條件」。後句不可以有「意志、命令、勧誘、許可、希望…」等表現。

例句

・この　本(ほん)を　よく　読(よ)めば、　試験(しけん)に　受(う)かるよ。

（只要好好讀這本書，考試就會合格喔。）

・課長(かちょう)に　聞(き)けば、　教(おし)えて　くれますよ。

（你去問課長，他就會告訴你了。）

・A：もう　春(はる)なのに、　寒(さむ)いですね。（都已經春天了，怎麼還這麼冷。）

B：そうですね。　来週(らいしゅう)に　なれば、　暖(あたた)かく　なると　思(おも)いますよ。

（是啊。大概到了下星期，就會變暖和吧。）

・A：これを　返品(へんぴん)したいんですが、　どこで　手続(てつづ)きを　すれば　いいですか。

（這個東西我想退貨，請問我要在哪裡辦理手續呢？）

B：あちらの　返品(へんぴん)カウンターまで　お持(も)ちください。

（請拿到那裡的退貨櫃檯。）

・この　薬(くすり)~~を~~さえ　飲(の)めば、　気分(きぶん)が　よく　なると　思(おも)う。

（只要吃了這個藥，我想你就會舒服多了。）

練習A

1.

急(いそ)げ	ば、	間(ま)に　合(あ)います。
この　薬(くすり)を　飲(の)め		治(なお)ります。
雨(あめ)が　降(ふ)れ		涼(すず)しく　なるでしょう。

2.

この　本(ほん)	さえ	読(よ)め	ば、	為替(かわせ)の　ことが　わかります。
レポート		出(だ)せ		単位(たんい)が　もらえます。
勉強(べんきょう)		すれ		合格(ごうかく)　できます。

3.

使(つか)い方(かた)が　わからない	んですが、	誰(だれ)に　聞(き)け	ば　いいですか。
プリンターが　欲(ほ)しい		どこで　買(か)え	
親友(しんゆう)が　結婚(けっこん)する		何(なに)を　あげれ	
彼女(かのじょ)と　別(わか)れたい		どう　すれ	

練習B

1. 例(れい)：毎日(まいにち)　練習(れんしゅう)します・上手(じょうず)に　なります

→　毎日(まいにち)　練習(れんしゅう)すれば、　上手(じょうず)に　なります。

① コーヒーを　飲(の)みます・元気(げんき)に　なります

② 引(ひ)っ越(こ)し業者(ぎょうしゃ)に　頼(たの)みます・荷物(にもつ)を　まとめて　くれます

③ この　店(みせ)で　買(か)い物(もの)を　します・ポイントが　もらえます

④ 彼(かれ)に　聞(き)きます・教(おし)えて　くれるかも　しれません

⑤ 来週(らいしゅう)に　なります・桜(さくら)が　咲(さ)くと　思(おも)いますよ

⑥ 急行(きゅうこう)が　止(と)まるように　なります・土地(とち)の　価値(かち)が　上(あ)がるでしょう

句型三

狀態性述語＋ば

延續上一個句型，但這裡學習的是前接「狀態性述語」時的情況。所謂的「狀態性述語」，指的就是「名詞」、「形容詞」、「狀態性動詞（あります、います、できます ... 等）」、以及「動詞否定形（～なければ）」。這種情況，後句就可以有「意志、命令、勧誘、許可、希望…」等表現。

本句型僅練習其中的「狀態性動詞」、「動詞否定形」以及「イ形容詞」三種情況。

例句

・お金（かね）が　あれば、　家（いえ）を　買（か）いたいです。（如果我有錢的話，我想要買房子。）

・あなたがさえ　いれば、　何（なに）も　要（い）らない。（只要有你，我什麼都不要。）

・今（いま）すぐ　出発（しゅっぱつ）しなければ、　6時（ろくじ）の　新幹線（しんかんせん）には　間（ま）に　合（あ）いませんよ。
（現在不馬上出發的話，會趕不上 6 點新幹線喔。）

・間（ま）に　合（あ）わなければ、　飛行機（ひこうき）で　行（い）きましょう。（來不及，就搭飛機去吧。）

・寒（さむ）ければ、　暖房（だんぼう）を　つけても　いいですよ。（如果冷，也可以開暖氣喔。）

・よければ、　これを　使（つか）って　ください。（不嫌棄的話，這個你請用。）

・勉強（べんきょう）したく　なければ、　帰（かえ）れ。（不想讀書就回家！）

・あなたが　行（い）けば、　私（わたし）も　行（い）きます。（你去的話，我也要去。）

練習A

1.

時間が　あれ	ば、	一緒に　食事を　しませんか。
やり方が　わかれ		自分で　やって　みたい。
プログラミングが　できれ		就職に　有利だと　思います。

2.

調味料を　入れ	なければ、	美味しく　ないですよ。
薬を　飲ま		病気が　治りませんよ。
今　やら		一生　後悔すると　思う。
彼が　い		私は　何も　できません。

3.

暑	ければ、	エアコンを　つけても　いいよ。
暑くな		エアコンを　消しますよ。
都合が　悪		今日　来なくても　いいよ。
体の　調子が　よくな		うちで　ゆっくり　休め。

練習B

1. 例：また　機会が　あります・誘って　ください

　→　また　機会が　あれば、　誘って　ください。

① 眼鏡を　掛けません・何も　見えません

② 英語が　話せません・あの　会社には　入れません

③ 彼が　来ません・課長に　報告して　ください

④ 詐欺の　仕組みが　わかります・騙されません

⑤ 都合が　いいです・ぜひ　参加したいです

句型四

ナ形容詞／名詞＋なら

與「句型3」相同，本句型仍是前接「狀態性述語」。若前句為「ナ形容詞」或「名詞」，則是使用「なら」。

另外，「名詞＋なら」亦可用於表談論的「主題」。用於「說話者將他人所談論到的、或者詢問的事物（名詞）挑出來作為主題，進而提供情報或意見」。

例句

・明日、　暇なら　デートしない？（你明天有空的話要不要約會呢？）
　暇じゃ　なければ／ないなら　明後日でも　いいよ。（沒空的話後天也可以喔。）

・明日、　雨なら　家に　いる。　雨じゃ　なければ／ないなら　デートしよう。
　（如果明天下雨，我就待在家裡。沒下雨的話就去約會吧。）

・A：吉田さん、　いる？（吉田先生在嗎？）
　B：吉田さんなら、　もう　帰ったよ。（吉田先生已經回去了喔。）

・A：どこか　美味しい　料亭、　知らない？（你知道哪裡有好吃的日式料理嗎？）
　B：会席料理なら、　「きさらぎ」と　いう　店が　お薦めです。
　（如果是會席料理的話，我推薦一間叫做「如月」的店。）

・A：新しい　時計を　買おうと　思って　いるんですが。（我想要買新手錶。）
　B：時計なら、　普通の　時計じゃなくて、　スマホと　連携できる
　スマートウォッチが　いいよ。
　（如果要買手錶的話，不要買普通的，要買可以連接／配對智慧型手機的智能手錶比較好喔。）

練習A

1.

スマートウォッチが　便利(べんり)	なら、	使(つか)って　みたいです。
彼女(かのじょ)の　ことが　心配(しんぱい)		様子(ようす)を　見(み)に　行(い)ったら？
イケメン		付(つ)き合(あ)っても　いいよ。
速達(そくたつ)		明日(あした)　届(とど)きますよ。

2.

スマホ	なら、	iPhone(アイフォン)	が	いいですよ。
シャンパン		ドンペリ		美味(おい)しいよ。
日本語(にほんご)の　教科書(きょうかしょ)		この　本(ほん)		お薦(すす)めですよ。

練習B

1. 例(れい)：いい　天気(てんき)です・散歩(さんぽ)に　行(い)きましょう

→　いい　天気(てんき)なら、　散歩(さんぽ)に　行(い)きましょう。

① 使(つか)い方(かた)が　簡単(かんたん)です・売(う)れると　思(おも)います

② 嫌(いや)です・帰(かえ)っても　いいですよ

③ 一人(ひとり)で　無理(むり)です・手(て)を　貸(か)しましょうか

④ 英語(えいご)です・少(すこ)し　話(はな)せます

2. 例(れい)：来週(らいしゅう)　ハワイへ　行(い)きます。（ワイキキビーチが　綺麗(きれい)）

→　ハワイなら、　ワイキキビーチが　綺麗(きれい)ですよ。

① 新(あたら)しい　テレビを　買(か)おうと　思(おも)って　いるんですが。

（ヤマダ電機(でんき)が　安(やす)い）

② この　近(ちか)くに　パン屋(や)は　ありませんか。（「ポール」が　美味(おい)しい）

③ 旅行(りょこう)の　本(ほん)を　紹介(しょうかい)して　ください。（「地球(ちきゅう)の歩(ある)き方(かた)」が　詳(くわ)しい）

本文

（山田小姐跟松本先生在談論去夏威夷的事宜）

山田：今度の　連休に　ハワイへ　行きたいんですが、
アメリカ入国の　ための
ESTA（電子渡航認証システム）って、　どうやって
申請すれば　いいですか。

松本：ああ、　あれね。　簡単ですよ。　アメリカの
国土安全保障省の　公式サイトで　情報を　入力して、
カードで　決済すれば、　すぐに　承認されますよ。

山田：でも、　私は　英語が　苦手で…。

松本：日本語でも　申し込み可能ですから、　英語が
できなくても、　サイトの　右上の　「言語の変換」の
ところを　クリックすれば、　画面が　日本語に
なります。　何なら　手伝いましょうか。

山田：ありがとう　ございます。　お願いします。

山田：這次的連假我想去夏威夷，那個要入境美國的 ESTA（旅行授權電子系統）要如何申請呢？

松本：啊，那個啊。簡單。你只要在美國的國土安全部的官方網站上輸入情報，然後用信用卡付款，馬上就會核准喔。

山田：但是我英文不好。

松本：用日文也可以申請，就算不會英文，你只要點選網站右上角的「語言切換」，畫面就會變成日文喔。要不我幫你用吧。

山田：謝謝。拜託你了。

山田：ハワイへの　便、　多いですね。
　　　どの　便に　すれば　いいですか。

松本：この、　夜　9時半の　便に　乗れば、　現地時間の　朝
　　　9時半頃に　着きますから、　すぐ　観光に　行けますよ。
　　　そして、　この　便の　ビジネスクラスなら　横に　なって
　　　寝られますから、　お薦めです。

松本：ところで、　山田さんは　マウイ島も　行きますか。

山田：時間が　もっと　あれば　行きたいですが、
　　　3泊5日なので、　今回は　オアフ島だけに　します。

松本：まあ、　3日　あれば　存分に　楽しめますから、
　　　楽しんで　きて　ください。

山田：去夏威夷的班機，好多喔。要選哪一班比較好呢？

松本：如果搭這班晚上 9 點半的班機，當地時間早上 9 點半就會到達，

就可以馬上去觀光喔。如果是這班飛機的商務艙的話，還可以躺平睡覺

所以我推薦這一班。

松本：對了，山田小姐你也會去茂宜島嗎？

山田：如果時間更充足一點，我想去，但因為這次是五天三夜的旅行，

因此這次就只決定待在歐胡島。

松本：嗯，有三天的話，應該能盡情享受了。祝你玩得愉快。

隨堂測驗

填空題

1. AIを　（使います　→　　　　　　　）、　すぐに　できますよ。

2. （高いです　→　　　　　　　）、　買いません。

3. （幸せです　→　　　　　　　）、　手を　叩こう。

4. この　学校の　（学生です　→　　　　　　　）、　誰でも　知って　いる
ことです。

5. カードで　（支払いません　→　　　　　　　）、　ポイントが
もらえませんよ。

6. （死にたく　ないです　→　　　　　　　）、　金を　出せ！

7. （嫌じゃないです　→　　　　　　　）、　抱きしめて。

8. 君さえ　（いいです　→　　　　　　　）、　私は　構わないよ。

選擇題

1. 宝くじが　（　）、　家を　買おう！
　1　当たると　　2　当たったら　　3　当たれば　　4　当たるなら

2. 男の　人（　）　誰でも　いいです。　早く　結婚したいです！
　1　なら　　2　ば　　3　たら　　4　ても

3. スマホ（　）　あれば、　事業を　始められます。
　1　しか　　2　こそ　　3　さえ　　4　まで

4. 怖(こわ)いですか。　（　）　一緒(いっしょ)に　行(い)きましょうか。

1　なんでも　　2　なんでは　　3　なんなら　　4　なんにも

5. お金(かね)を　（　）、　喜(よろこ)んで　やりますよ。

1　くれれば　　2　くれば　　3　くれなら　　4　くれれなら

6. お金(かね)が　足(た)りないから、　今日(きょう)は　これ（　）に　します。

1　でも　　2　しか　　3　なら　　4　だけ

翻譯題

1. コツさえ　掴(つか)めば、　勉強(べんきょう)が　できるように　なります。

2. 食事(しょくじ)の　時(とき)、　野菜(やさい)から　食(た)べるように　すれば、　太(ふと)りにくく　なりますよ。

3. お金(かね)の　ことなら　私(わたし)に　任(まか)せて。

4. 我想要詳細地了解經濟的事，應該要讀哪本書比較好呢？

5. 經濟的書，我推薦這本。

6. 如果離車站不遠的話，我想要租這個房子。

Memo

46

返事(へんじ)が　こない　場合(ばあい)は　どうしますか。

1. ～ば　～ほど
2. ～場合(ばあい)は、～
3. ～まま
4. ～ままです

單字

單字	中文
遅延(ちえん)します（動）	誤點、延誤
入国(にゅうこく)します（動）	入國、入境
変更(へんこう)します（動）	變更
解除(かいじょ)します（動）	解除
相続(そうぞく)します（動）	繼承
搭乗(とうじょう)します（動）	搭乘
討論(とうろん)します（動）	討論
再起動(さいきどう)します（動）	重新開機
濡(ぬ)れます（動）	濕
慌(あわ)てます（動）	慌張
捕(つか)まります（動）	抓緊、抓住
まとめます（動）	統整、整理
まとまります（動）	統一、一致
使(つか)い切(き)ります（動）	用光
差(さ)し込(こ)みます（動）	插入
差(さ)し押(お)さえます（動）	查封、扣押
困難(こんなん)（ナ /1）	困難
急(きゅう)（ナ /0）	突然
損(そん)（ナ /1）	損失、吃虧
鏡(かがみ)（名 /3）	鏡子
生(なま)（名 /1）	生的、未煮的
腰(こし)（名 /0）	腰
建物(たてもの)（名 /2）	建築物
相手(あいて)（名 /3）	對方
担当(たんとう)（名 /0）	負責、擔任者
係員(かかりいん)（名 /3）	辦事人員
中身(なかみ)（名 /2）	內容物
浴衣(ゆかた)（名 /0）	和式浴衣

梅雨（つゆ） (名 /0)　梅雨季節

残高（ざんだか） (名 /1)　餘額

手すり（て） (名 /3)　扶手

見積もり（み つ） (名 /0)　估價

～あたり (接尾 /1)　時間上大約、左右

税率（ぜいりつ） (名 /0)　稅率

収入（しゅうにゅう） (名 /0)　收入

金額（きんがく） (名 /0)　金額

返信（へんしん） (名 /0)　回信

結論（けつろん） (名 /0)　結論

原因（げんいん） (名 /0)　原因

血圧（けつあつ） (名 /0)　血壓

音質（おんしつ） (名 /0)　音質

当時（とうじ） (名 /1)　當時、那時

悪徳（あくとく） (名 /0)　缺德、不道德

名義（めいぎ） (名 /3)　名義

事情（じじょう） (名 /0)　情況、緣由

進捗（しんちょく） (名 /0)　進展

場合（ばあい） (名 /0)　情況、場合

過失（かしつ） (名 /0)　過失

不在（ふざい） (名 /0)　不在

通過（つうか） (サ /0)　通過、經過

予想（よそう） (サ /0)　預想

押印（おういん） (サ /0)　蓋章

留守（るす） (サ /1)　不在、外出

乗車（じょうしゃ） (サ /0)　乘車

審査（しんさ） (サ /1)　審查

催促（さいそく） (サ /1)　催促

納税（のうぜい） (サ /0)　納稅

單字

單字	詞性／重音	中文
慰謝料（いしゃりょう）	(名 /2)	贍養費、賠償費
利用枠（りようわく）	(名 /2)	(信用卡) 額度
非常口（ひじょうぐち）	(名 /2)	緊急逃生口
取引先（とりひきさき）	(名 /0)	生意往來客戶
納期限（のうきげん）	(名 /3)	繳納期限
税務署（ぜいむしょ）	(名 /3 或 4)	國稅局
熱中症（ねっちゅうしょう）	(名 /0)	中暑
精算機（せいさんき）	(名 /3)	清算車票的機器
目的地（もくてきち）	(名 /4)	目的地
行き先（いきさき）	(名 /0)	欲前往處
遅延証明書（ちえんしょうめいしょ）	(名 /0)	延誤證明
入国審査官（にゅうこくしんさかん）	(名 /7)	海關人員
自動化ゲート（じどうか）	(名 /5)	自動通關閘門
住宅ローン（じゅうたく）	(名 /5)	房屋貸款
電源プラグ（でんげん）	(名 /5)	電源插頭
スプレー缶（かん）	(名 /0)	噴霧罐
ブランド品（ひん）	(名 /0)	名牌貨
モバイル搭乗券（とうじょうけん）	(名 /7)	行動登機證
スタンプ	(名 /2)	圖章
ポケット	(名 /2)	口袋
アルコール	(名 /0)	酒精、酒類
コンセント	(名 /1)	插座
スケジュール	(名 /2)	行程
ずいぶん	(副 /1)	很、相當
このまま	(副 /0)	就這樣 ...
少しでも（すこ）	(慣 /2)	即便稍有 ...
変わらず（か）	(慣 /0)	不變、還是一樣

ひゃくじゅうきゅうばん
１１９番（名 /5）

119 消防專線

句型一

～ば　～ほど

此句型以「Aば　Aほど、B」來表示隨著A的程度發生了變化，B也產生變化。接續方式為「動詞條件形ば／イ形容詞~~い~~＋ければ／ナ形容詞語幹＋なら」、「動詞原形／イ形容詞い／ナ形容詞な＋ほど」。

例句

・勉強すれば　するほど　成績が　上がります。（越用功，成績就會越高。）

・考えれば　考えるほど　わからなく　なります。（越想越不懂。）

・一戸建ては、　古く　なれば　なるほど　価値が　落ちる。
（木造透天，越老越不值錢。）

・返事は、　早ければ　早いほど　いい。（回覆越快越好。）

・ブランド品は、　高ければ　高いほど　よく　売れます。（名牌貨越貴越暢銷。）

・立地が　便利なら　便利なほど、　家の　値段は　高い。
（地點越方便，房價就越貴。）

・使い方が、　簡単なら　簡単なほど　いいです。（使用方法越簡單越好。）

練習A

1.

この本(ほん)	は、	読(よ)め	ば	読(よ)む	ほど	面白(おもしろ)く　なります。
収入(しゅうにゅう)		多(おお)けれ		多(おお)い		税率(ぜいりつ)が　高(たか)く　なります。
休日(きゅうじつ)		暇(ひま)	なら	暇(ひま)な		いいです。

練習B

1. 例(れい)：食(た)べます・太(ふと)ります

→　食(た)べれば　食(た)べるほど　太(ふと)ります。

① 頑張(がんば)ります・給料(きゅうりょう)が　上(あ)がります

② 練習(れんしゅう)します・上手(じょうず)に　なります

③ 鏡(かがみ)を　見(み)ます・自分(じぶん)が　嫌(いや)に　なります

④ クレジットカードを　使(つか)います・ポイントが　貯(た)まります

⑤ この　説明書(せつめいしょ)は　読(よ)みます・わからなく　なります

2. 例(れい)：タブレットは　軽(かる)いです・いいです

→　タブレットは、　軽(かる)ければ　軽(かる)いほど　いいです。

① アパートは　駅(えき)に　近(ちか)いです・人気(にんき)が　あります

② 暑(あつ)いです・アイスクリームは　売(う)れます

③ 野菜(やさい)は　新鮮(しんせん)です・いいです

④ 建物(たてもの)は　丈夫(じょうぶ)です・安心(あんしん)です

⑤ レストランは　有名(ゆうめい)です・予約(よやく)が　難(むずか)しいです

句型二

～場合(ばあい)は、～

此句型用於表達「從各種可能發生的狀況當中，舉出一個」，並描述若發生了此種狀況應該如何應對。

例句

・花火大会(はなびたいかい)は、　雨(あめ)の　場合(ばあい)は　中止(ちゅうし)に　なる。

（煙火大會如果下雨就中止。）

・相手(あいて)に　過失(かしつ)が　ある　場合(ばあい)は、　慰謝料(いしゃりょう)が　もらえる。

（若是對方有過失，就可以拿到賠償費。）

・電車(でんしゃ)が　遅延(ちえん)した　場合(ばあい)は、　必(かなら)ず　駅員(えきいん)に　「遅延証明書(ちえんしょうめいしょ)」を
もらいましょう。（電車誤點時，請務必要向站務人員索取「遲延證明書」。）

・A：自動化(じどうか)ゲートで　入国(にゅうこく)した　場合(ばあい)は、　パスポートに　スタンプを
押(お)して　もらえますか。

（透過自動通關閘門入國，可以請他們幫我在護照上蓋 <入境> 章嗎？）

B：ええ。　必要(ひつよう)な　場合(ばあい)は、　通過後(つうかご)に　入国審査官(にゅうこくしんさかん)に　言(い)って　ください。

（可以。如果需要的話，請通過 <閘門> 後告訴入境審查職員。）

・A：クレジットカードが　使(つか)えない　場合(ばあい)は　どうすれば　いいですか。

（如果信用卡不能用怎麼辦呢？）

B：カード会社(がいしゃ)に　電話(でんわ)して、　利用枠(りようわく)を　使(つか)い切(き)って　いないか　確認(かくにん)して
もらいましょう。

（打電話給信用卡公司，請他幫你確認額度有沒有用光。）

練習A

1. 予定を　変更する　　　　　場合は、　課長に　報告して　ください。
予定が　変わった
お客様から　連絡が　ない

2. 見積もり金額が　予想より　高い　場合は、　部長に　相談して　ください。
書類に　押印が　必要な
担当が　留守の

練習B

1. 例：火事が　起きました・慌てないで　非常口から　逃げて　ください
→　火事が　起きた　場合は、　慌てないで　非常口から　逃げて　ください。
① 何か　問題が　あります・担当者に　言って　ください
② 1時間後に　私が　戻って　きません・すぐに　警察に　通報して　ください
③ 乗車中に　地震が　起きました・慌てないで　手すりに　捕まって　ください
④ アルコールを　少しでも　飲みました・絶対に　運転するな
⑤ 住宅ローンの　審査が　通りませんでした・契約を　解除できます
⑥ 体の　調子が　悪いです・学校に　来なくても　いい
⑦ 1週間　経っても　取引先から　返信が　ありません・催促メールを　送りましょう
⑧ 納期限までに　納税が　困難です・早めに　税務署に　相談した　ほうが　いいですよ

句型三

～まま

此句型以「Aたまま、B」的形式，描述「在做完A動作的結果狀態之下，做B」。口氣中帶有「一般正常的情況下，在A的狀態之下是不會做B」的語感。

A亦可為「動詞的否定～ないまま」或者「名詞＋のまま」。

例句

・靴を　履いた　まま、　部屋に　入らないで　ください。

（請不要穿著鞋子 < 的狀態下 > 進入房間。）

・服を　着ない　まま　寝て　しまうと、　風邪を　引くぞ。

（沒穿衣服就睡著了的話，會感冒喔。）

・昨日は　すごく　疲れたので、　スーツの　まま　寝て　しまった。

（昨天很累，穿著西裝 < 還沒換下 > 就睡著了。）

・私の　本棚には、　買った　まま　読んで　いない　本が　たくさん　あります。

（我的書櫃裡面有許多買了之後 < 就丟在那裡 > 還沒讀的書。）

・スイッチを　入れた　まま、　コンセントに　電源プラグを　差し込むと、
壊れて　しまいますよ。

（在開關開著的狀態把插頭插到插座，會壞掉喔。）

・彼女は、　さようならも　言わない　まま　帰って　しまった。

（她連再見都沒講，就回去了。）

練習A

1. ドアを　開けた　　まま、　寝ます。
   電気を　消さない　　　　　出かけました。
   生の　　　　　　　　　　　食べます。

練習B

1. 例：パジャマを　着ました・出かけました
   → パジャマを　着た　まま、　出かけました。
   ① 暑くても　窓を　開けました・寝ない　ほうが　いいです
   ② 眼鏡を　掛けました・寝て　しまった
   ③ 靴を　履きました・部屋に　上がるな
   ④ ポケットに　大事な　メモを　入れました・洗濯して　しまいました
   ⑤ スプレー缶は　中身が　入りました・捨てると　危ないですよ
   ⑥ 昨日の　会議は　結論が　出ません・終わって　しまった
   ⑦ 原因が　わかりません・死んじゃった
   ⑧ 浴衣です・出かけないで

句型四

～ままです

延續上一個句型。「まま」亦可放至於句尾，來表達相同的狀態一直持續不變。前方除了可以接續動詞た形、ない形以及名詞外，亦可接續形容詞。

例句

・電車(でんしゃ)は　混(こ)んで　いて、　乗(の)ってから　ずっと　立(た)った　ままです。
（電車很擁擠，從搭上去後就一直站著。）

・梅雨(つゆ)なのに、　ずっと　雨(あめ)が　降(ふ)らない　ままですね。
（梅雨季節，但都一直不下雨耶。）

・薬(くすり)を　飲(の)んでも、　血圧(けつあつ)は　高(たか)い　ままだ。
（吃了藥，血壓還是維持很高。）

・この　町(まち)は　昔(むかし)と　あまり　変(か)わらず、　不便(ふべん)な　ままだ。
（這個城市跟以前沒什麼變，還是很不方便。）

・もう　50 年前(ねんまえ)の　レコードなのに、　音質(おんしつ)は　当時(とうじ)の　ままです。
（這已經是 50 年前的唱片了，音質還是當時的樣子 < 沒變差 >。）

・A：税金(ぜいきん)を　払(はら)わない　ままだと、　どう　なりますか。
（如果一直都不繳稅金會怎樣？）
B：財産(ざいさん)が　差(さ)し押(お)さえられますよ。
（你的財產會被查封喔。）

練習A

1. 彼は、　先週から　ずっと　会社を　休んだ　　　ままだ。
   友達に　LINEしても、　返事が　来ない
   この　シャツは、　あまり　着ないから　新しい
   練習しないから、　いつまで　経っても　下手な
   久しぶりに　会ったが、　彼は　昔の

練習B

1. 例：ずっと　雨が　降りません・困ります
   → ずっと　雨が　降らない　ままだと　困ります。
   ① 髪が　濡れます・風邪を　引くぞ
   ② 長時間　電源を　入れます・壊れて　しまいますよ
   ③ スマホの　画面が　割れます・危険だぞ
   ④ 長時間　立ちます・腰が　痛く　なります
   ⑤ 相場を　知りません・悪徳業者に　騙されるぞ
   ⑥ 彼の　本当の　気持ちが　わかりません・不安です
   ⑦ 部屋が　暑いです・熱中症に　なって　しまうぞ
   ⑧ 相続した　家が　亡くなった　親の　名義です・売る　ことは
   できません

本文

（社長陳先生交代一些事項給部長吉田先生）

陳　：吉田さん、　ちょっと　いいですか。

吉田：はい。　何でしょうか。

陳　：実は　明日、　実家の　事情で　しばらく
帰国しなければ　ならなく　なったんですが。

吉田：そうですか。　ずいぶん　急ですね。

陳　：ええ。　それで、　吉田さんに　不在の　間の　ことを
頼みたいと　思って。

吉田：はい、　わかりました。

陳　：まず、　ワタナベ商事との　契約の　件ですが、　返事が
ない　ままです。
来週の　月曜日までに　返事が　来ない　場合は、　直接
担当の　佐藤さんに　連絡して、　進捗状況を　確かめて
ください。

吉田：わかりました。　もし　先方が　契約内容を
変更したいなどと　言って　きた　場合は　どう
しますか。

小陳：松本先生，現在有空嗎？

吉田：有。什麼事呢？

小陳：其實我明天因為家裡有事，必須暫時回國。

吉田：是喔，好突然喔。

小陳：嗯，所以，我想要拜託（交辦）你一些我不在時的事情。

吉田：好的，了解。

小陳：首先，跟渡邊商事簽約的事，他們一直都還沒回答我們。下個星期一之前，如果還是沒有回答的話，你直接打電話給負責的佐藤先生，向他確認進展狀況。

吉田：好的。如果他們說出想要變更契約內容之類的，要怎麼辦？

陳　：その　場合は、　私に　連絡して　ください。　海外に
　　いる　時も　携帯が　繋がるように　して　おきますから。
吉田：わかりました。　助かります。

陳　：それから、　社員旅行の　件ですが、　航空券は　予約が
　　遅ければ　遅いほど　高くなるので、　来週あたりで
　　みんなで　行き先を　決めて　おいて　ください。
　　目的地を　決めない　ままだと、　スケジュールも
　　立たないので、　なるべく　早く　みんなの　意見を
　　まとめて　ください。
吉田：わかりました。

小陳：那情況請聯絡我。我盡量維持在國外手機也會通。

吉田：了解，那樣很有幫助。

小陳：然後，有關於員工旅行，機票越晚訂會越貴，下個星期左右，

請各位決定好目的地。如果一直都不決定目的地，行程也很難安排。

請儘早統合大家的意見。

吉田：好的，了解。

隨堂測驗

填空題

1. 給料は、　（　　　　　　　　　）ば　多いほど　いいです。

2. （　　　　　　　　）ば　寝るほど　疲れます。

3. 説明は、　簡単なら　（　　　　　　　　　）ほど　いいです。

4. 機械が　（故障しました　→　　　　　　　　）　場合は、　係員に　連絡して　ください。

5. Suica の　残高が　（足りません　→　　　　　　　　）場合は、　精算機で　チャージ　してください。

6. パソコンが　（重いです　→　　　　　　　　）場合は、　再起動して　みて　ください。

7. エアコンを　（つけました　→　　　　　　　　）　まま　出かけて　しまった。

8. このまま　勉強しない　ままだ（　　　　　　）、　成績が　どんどん　下がって　しまいますよ。

選擇題

1. 昨日、　テレビを　（　）　寝て　しまった。

　1　つける　場合　　　2　つけた　場合
　3　つける　まま　　　4　つけた　まま

2. 海外で　パスポートを　なくした　（　）、　どうしたら　いいですか。

　1　まま　　　2　ように　　　3　場合は　　　4　と

3. 駄目だと　（　）　言われるほど　やりたく　なります。

　1　言われば　　　2　言われれば　　　3　言わられれば　　　4　言わられば

4. A：これから　アメリカへ　出張します。　B：（　）　急ですね。

1　ずいぶん　　2　わざわざ　　3　せっかく　　4　そろそろ

5. (承上題)A：ええ。　（　）、　空港まで　送って　欲しいんですが。

1　それに　　2　それで　　3　つぎに　　4　でしたら

6. まず、　航空券を　予約して、　（　）　ホテルを　決めましょう。

1　これから　　2　それから　　3　あれから　　4　今から

翻譯題

1. モバイル搭乗券で　搭乗する　場合は、　スマホが　いつでも　インターネットに　繋がるように　して　おいて　ください。

2. みんなで　討論すれば　するほど、　意見が　まとまらなく　なるから　私が　決めちゃいました。

3. 税金の　ことを　知らない　ままだと　損を　して　しまいますよ。

4. 越思考頭越痛。

5. 我（不小心）戴著眼鏡進了浴室。

6. 發生火災的話，請立即打 119。

Memo

47

ネット銀行（ぎんこう）を　始（はじ）めた　ばかりです。

1. ～通（とお/どお）りに
2. ～通（とお/どお）りの／通（とお/どお）りです
3. ～ばかり（限定）
4. ～たばかり（動作結束後）

單字

讀音	單字	詞性	中文
げんてん	減点します	(動)	扣分
そうぞう	想像します	(動)	想像
しゅざい	取材します	(動)	採訪
かいせつ	開設します	(動)	開辦
にゅうしゃ	入社します	(動)	進公司工作
たの	頼みます	(動)	點餐
に あ	似合います	(動)	相稱、適合
ち	散らかします	(動)	弄亂
ひ だ	引き出します	(動)	提（款）
た あ	立ち上げます	(動)	啟動 APP
とお/どお	通り	(名 /1)	按照 ... 樣
し じ	指示	(サ /1)	指示
そうぞう	想像	(サ /0)	想像
き たい	期待	(サ /0)	期待
にんしょう	認証	(サ /0)	認證
	アホ	(ナ /2)	蠢蛋、傻子
おな	同じ	(特殊ナ /0)	相同、一樣
きび	厳しい	(イ /3)	嚴格、嚴厲
や じるし	矢印	(名 /2)	箭號、箭頭
うちやく	内訳	(名 /0)	內容、明細
きょういく	教育	(名 /0)	教育
かんれん	関連	(名 /0)	關聯
ぜんねん	前年	(名 /0)	前一年
じょゆう	女優	(名 /0)	女演員
じゅうにん	住人	(名 /0)	居民
ほんにん	本人	(名 /1)	本人
ようふく	洋服	(名 /0)	洋裝、西服

専用（せんよう）(名 /0)　專用

口座（こうざ）(名 /0)　帳戶

子犬（こいぬ）(名 /0)　小狗

所有者（しょゆうしゃ）(名 /2)　所有者

新機種（しんきしゅ）(名 /3)　新型號

ナビ (名 /1)　導航

レシピ (名 /1)　食譜

エラーメッセージ (名 /4)　錯誤訊息

ネット動画（どうが）(名 /4)　網路影片

ネット銀行（ぎんこう）(名 /4)　數位銀行

フォロワー数（すう）(名 /3)　追蹤者人數

確かに（たし）(副 /1)　的確是 ...

まだまだ (副 /1)　還（差得遠）

思い通りに（おも・どお）(副 /4)　如願、稱心

〜分（ぶん）(名 /1)　... 的份額

殺人現場（さつじんげんば）(名 /5)　兇殺現場

本人確認（ほんにんかくにん）(名 /5)　確認身份

源泉徴収票（げんせんちょうしゅうひょう）(名 /0)　扣繳憑單

雇用証明書（こようしょうめいしょ）(名 /0)　僱傭證明

句型一

～通(とお/どお)りに

此句型用於表達「一致」。經常以「A 通(とお/どお)りに、B」的形式，來表達「某人按照 A 的描述、指示或規範，來做 B 動作」。A 部分多為發言、思考、情報表達語意的動詞。

A 若為名詞，則可使用「A の通(とお)りに」或「A 通(どお)りに」的形式。

例句

・私(わたし)が　今(いま)から　言(い)う　通(とお)りに　書(か)いて　ください。（請照著我等一下說的寫下來。）

・先生(せんせい)が　さっき　説明(せつめい)した　通(とお)りに　やれば　答(こた)えが　出(で)ます。
（按照剛剛老師說明的方式去做，答案就會出來了。）

・ナビ通(どお)りに　行(い)きましたが、　迷子(まいご)に　なって　しまいました。
（我照著導航前進，但卻迷路了。）

・言(い)われた　通(とお)りに　やらないで、　自分(じぶん)で　考(かん)えた　方法(ほうほう)で　やって　みなさい。
（不要按照別人說的去做，請用自己想到的方式做做看。）

・公式(こうしき)サイトの　案内通(あんないどお)りに　やって　みても　駄目(だめ)だったから　諦(あきら)めた。
（我按照說官網上的引導做了，但還是不行，所以我放棄了。）

・A：パリは　どうだった？（巴黎如何呢？）
B：映画(えいが)で　見(み)た　通(とお)りに　綺麗(きれい)でした。（就跟電影裡看到的一樣漂亮。）

練習A

1\. 私が　これから　やる
コーチが　さっき　教えた
指示の

通りに、

やって　みて　ください。
練習して　います。
やりましょう。

2\. プロジェクトは　なかなか　計画
課長の　指示
絶対に　あなたの　思い

通りに、

進みません。
やって　おきました。
させません。

練習B

1\. 例：先生が　言いました・やって　みました
　→　先生が　言った　通りに　やって　みました。

① 聞きました・書いて　ください
② 殺人現場で　見ました・警察官に　話しました
③ 授業で　習いました・やらないと　減点されるぞ
④ 本に　書いて　あります・すれば　きっと　うまく　行く
⑤ いつも　練習して　います・やりましょう
⑥ この　レシピ・料理を　作りました
⑦ 矢印・前に　進みなさい
⑧ 株価は　予想・動きません

句型二

通りの～／通りです

延續上一個句型，「通り」亦可使用「～通りの」後接名詞，或放至於句尾，以「～通りです」結尾來描述「一致」。

例句

・これは　教科書通りの　答えですね。　もう一度　自分の　言葉で　答えて　みて　ください。（這是跟教科書上一樣的回答。你再試一次用自己的話回答看看。）

・パリは　美しくて、　私が　想像して　いた　通りの　場所だった。
（巴黎很美，就跟我想像中的一樣。）

・あの　女優に　取材する　機会が　あったのですが、　彼女は　私が　前から　思って　いた　通りの　優しい　方でした。
（我有機會採訪那位女星，她就跟我之前想的一樣，是一個溫柔的人。）

・A：ネットで　買った　服は　想像通りの　物でしたか。
（你網路上買的衣服，跟你想像中的一樣嗎？）
B：はい、　想像通りでした。（是的，和我想像中的一樣。）

・商品の　内訳は　以下の　通りです。（商品的內容明細如下。）

・確かに　あなたの　言う　通りだ。（的確，就如您所說。）

練習A

1. あの　店(みせ)は、	友達(ともだち)が　言(い)った	通(とお)りでした。
	評判(ひょうばん)	通(どお)りでした。
	期待(きたい)	

練習B

1. 例(れい)：ドバイの　様子(ようす)・テレビで　見(み)ました。

　→　ドバイの　様子(ようす)は　テレビで　見(み)た　通(とお)りでした。

　① ドバイの　様子(ようす)・想像(そうぞう)して　いました。

　② ドバイの　様子(ようす)・友達(ともだち)が　言(い)いました。

　③ ドバイの　様子(ようす)・ガイドブックに　書(か)いて　あります。

　④ ドバイの　様子(ようす)・私(わたし)が　思(おも)いました。

句型三

～ばかり（限定）

「ばかり」為副助詞。以「ばかりです／だ」結尾時，表「盡是 ...，都是 ...」之意。帶有「相同這一類的事物很多」的語感。若以「名詞＋ばかり＋動態動詞」的形式時，則表「重複做此動作許多次」。

例句

・この　学校の　先生は　厳しい　人ばかりです。
（這個學校的老師，都是一些很嚴格的人。）

・この　本は　漢字ばかりで、　外国人には　難しすぎます。
（這本書都是漢字，對外國人而言太難了。）

・この　アパートには　変な　人ばかり　住んで　いる。
（這個公寓裡盡是住一些怪人 < 都沒什麼正常人 >。）

・仕事を　しないで　文句ばかり　言う　人が　大嫌いです。
（我最討厭那些不工作，盡在那裡抱怨的人。）

・ネット動画ばかり　見て　いると、　頭が　悪く　なりますよ。
ネット動画を　見て　ばかり　いると、　頭が　悪く　なりますよ。
（一天到晚看網路動畫，腦袋會變差喔。）

・留学生は、　いつも　同じ　国の　人とばかり／ばかりと　話して　いる。
（留學生總是跟自己國家的人講話 < 不跟其他外國籍或日本人講話 >。）

練習A

1.

私の　会社	は	嫌な　人	ばかりです。
世の　中		アホな　人	
先生の　研究室		教育関連の　本	

2.

うちの　子	は	テレビ	ばかり	見て　いる。
彼		甘い　物		食べて　いる。
あの　お客さん		同じ　もの		頼む。

3.

うちの　子	は	テレビ	を	見て	ばかり　いる。
彼		甘い　物		食べて	

練習B

1. 例：家の　周りは　畑です。
　→　家の　周りは　畑ばかりです。
　例：食べて　いると　太りますよ。
　→　食べて　ばかり　いると　太りますよ。
　① 彼は　コーヒーを　飲んで　います。
　② 彼は　コーヒーを　飲んで　います。
　③ この　マンションの　住人は　年寄りです。
　④ 遊んで　いないで　勉強しなさい。
　⑤ 彼は　食事中に　写真を　撮って　います。
　⑥ 毎日　犬と　遊んで　います。

句型四

～たばかり（動作結束後）

「動詞た形＋ばかり」，可用於表達「某一行為或動作剛結束」。時間上並非動作實際結束後的那一刻，而是說話者「心態上」認為剛結束。因此，即便是兩個月前、兩年前，只要說話者「心態上」認為是剛結束，就可使用「～たばかり」。

例句

・もしもし、　今（いま）　駅（えき）に　着（つ）いた　ばかりですから、　もう　ちょっと　待（ま）って　いて　ください。（喂，我現在剛到車站，再等一下下喔。）

・これ、　昨日（きのう）　買（か）った　ばかりの　洋服（ようふく）。　どう？　似合（にあ）う？
（這是我昨天剛買的衣服，怎樣？適合我嗎？）

・彼（かれ）は　2ヶ月前（かげつまえ）に　日本（にほん）に　来（き）た　ばかりなので、　まだまだ　日本語（にほんご）が　うまく　話（はな）せません。
（他兩個月前才剛來日本所以日文還說得不順暢。）

・去年（きょねん）、　新（あたら）しい　スマホを　買（か）った　ばかりなのに、　今年（ことし）も　新機種（しんきしゅ）を　買（か）うんですか。
（你去年才剛買了新的智慧型手機，今年又要買新型號的嗎？）

・前年分（ぜんねんぶん）の　源泉徴収票（げんせんちょうしゅうひょう）を　提出（ていしゅつ）して　ください。　就職（しゅうしょく）した　ばかりの　場合（ばあい）は、　雇用証明書（こようしょうめいしょ）を　提出（ていしゅつ）して　ください。
（請提出上一年份的扣繳憑單。如果你是剛剛就業，就請提出僱傭證明書。）

練習A

1. さっき　ご飯を　食べた　ばかりです。
まだ　学校が　始まった
彼は　去年　結婚した

練習B

1. 例：先月　旅行に　行きました・
今度の　連休は　どこへも　行きたくないです
→　先月　旅行に　行った　ばかりですから、　今度の　連休は　どこへも
行きたくないです。

① さっき　着きました・少し　休ませて　ください
② 家を　買いました・今は　あなたに　貸す　お金は　ありません
③ SNS を　始めました・フォロワー数が　まだまだ　少ないです
④ 部屋を　掃除しました・靴を　履いた　まま　入らないで　ください

2. 例：この　パソコンは　修理しました・また　故障して　しまった
→　この　パソコンは　修理した　ばかりなのに、　また　故障して
しまった。

① ボーナスを　もらいました・もう　全部　使っちゃった
② 発売されました・もう　売り切れなの？
③ 彼は　先月　結婚しました・もう　浮気を　して　いるの？
④ 部屋を　片付けました・また　子供が　散らかしちゃった

本文

（小王詢問松本先生網路銀行的使用方式）

王（オウ）　：松本（まつもと）さん、 ちょっと いいですか。

松本（まつもと）：はい。 何（なん）ですか。

王（オウ）　：実（じつ）は ネット銀行（ぎんこう）の 口座（こうざ）を 開設（かいせつ）したんですが、
　　　お金（かね）の 引（ひ）き出（だ）し方（かた）が よく わからないんです。

松本（まつもと）：専用（せんよう）アプリを ダウンロードしましたか。

王（オウ）　：はい、 さっき ダウンロードした ばかりです。
　　　アプリの 指示通（しじどお）りに コンビニの ATM（エーティーエム） で
　　　操作（そうさ）しても お金（かね）が 出（で）ません。
　　　エラーメッセージばかり 出（で）て いますが。

松本（まつもと）：アプリで、 本人確認（ほんにんかくにん）の ための 認証（にんしょう）を 行（おこな）いましたか。

王（オウ）　：いいえ。 それって 何（なん）ですか。

松本（まつもと）：それは、 この スマホを 使（つか）って いるのは 口座（こうざ）の
　　　所有者本人（しょゆうしゃほんにん）ですよって いう 手続（てつづ）きの ことです。
　　　今（いま）から 私（わたし）が 言（い）う 通（とお）りに アプリを 操作（そうさ）して
　　　ください。 まず ...。

王　：松本先生，現在方便嗎？

松本：可以。什麼事呢？

王　：其實我開設了網路銀行數位帳戶，但我不太知道怎麼提款。

松本：你有下載專用 APP 了嗎？

王　：有，剛剛才下載的。我按照 APP 的指示，到便利商店的 ATM 操作，但錢還是領不出來。

松本：你有在 APP 上做了確認本人的認證 < 手續 > 嗎？

王　：沒有。那是什麼呢？

松本：那是認證使用這支智慧型手機的人，是帳戶所有者本人的手續。你按照我等一下說的方式來操作 APP。首先 ...。

松本：はい。　以上で　認証が　終わりました。　今度
アプリを　立ち上げたら、　顔認証で
本人確認できますので、　ＡＴＭに　行ったら　さっき
教えた　通りの　やり方で　やれば、
キャッシュカードが　なくても　アプリだけで　現金を
引き出せますよ。

王　：ありがとう　ございます。
つまり、　これからは　スマホだけで　お金を
下ろせますね。

松本：はい、　その通りです。

松本：好了。這樣就認證結束了。你下次開啟 APP 後，就可以用臉部辨識來做本人確認，去 ATM 時，只要按照我剛剛教你的方式做，就算沒帶提款卡，也可以單用 APP 就領現金喔。

王　：謝謝你。也就是說，之後只要使用智慧型手機就可以領錢了對吧。

松本：沒錯，就是這樣。

隨堂測驗

填空題

1. 私が 説明した 通り（　　　　）、 もう一度 やって みて ください。

2. 私が 言った 通り（　　　　） 方法で やって みて ください。

3. テレビを 見て （　　　　　　） いないで 勉強しなさい。

4. 眠いんですか。 さっき コーヒーを 飲んだ ばかり（　　　　）のに。

5. 生まれた ばかり（　　　　） 子犬を 飼って います。

6. この 文章は 平仮名ばかり（　　　　） 読みにくいです。

7. 彼は 全然 変わって いなくて、 昔の （まま／通り）でした。

8. パリは すごく 綺麗で、 映画で 見た （まま／通り）でした。

選擇題

1. 母に （ ） 通りに 料理を 作りました。

　1 習う　　2 習って　　3 習った　　4 習の

2. これから、 先生（ ） 言う 通りに しなさい。

　1 が　　2 は　　3 を　　4 なら

3. この クラスは 勉強が 嫌いな 子（ ）です。

　1 通り　　2 場合　　3 まま　　4 ばかり

4. あの 男の子は、 女の子（ ） 話して います。

　1 とばかり　　2 ばかりが　　3 がばかり　　4 をばかり

5. 日本に　来た　ばかり（　）　頃は、　言葉も　喋れなくて　大変だった。

1　に　　2　の　　3　で　　4　な

6. スマホを　（　）　ばかり　いると　目が　悪く　なりますよ。

1　見る　　2　見た　　3　見て　　4　見

翻譯題

1. 先週　ネットで　買った　ものは、　思って　いた　通りの　商品でした。

2. 入社した　ばかりなので、　まだ　覚えなければ　ならない　ことが　たくさん　あります。

3. 嘘ばかり　つくと、　周りから　信頼されなく　なって　しまいます。

4. 請按照順序排好（隊）。

5. 明明上個星期才剛學，卻已經忘記了。

6. 我爸休假日都一直在睡覺。

48

急(きゅう)に　泣(な)き出(だ)して ....。

1. ～始(はじ)めます
2. ～出(だ)します
3. ～続(つづ)けます
4. ～終(お)わります

單字

單字	詞性	中文
鳴(な)ります	(動)	（鈴）響
雇(やと)います	(動)	雇用
吠(ほ)えます	(動)	吠叫
下(さ)げます	(動)	撤下、收走
減(へ)ります	(動)	減少
向(む)かいます	(動)	朝向、朝著
落(お)ち着(つ)きます	(動)	冷靜、沈著
雇(やと)い入(い)れます	(動)	聘用進來
下落(げらく)します	(動)	下跌
拡大(かくだい)します	(動)	擴大
点滅(てんめつ)します	(動)	閃爍
抱(だ)っこします	(動)	兒童抱抱
仲直(なかなお)りします	(動)	和好
影響(えいきょう)	(サ /0)	影響
感染(かんせん)	(サ /0)	感染
依頼(いらい)	(サ /0)	委託
初(はじ)め	(名 /0)	剛開始
雨続(あめつづ)き	(名 /3)	持續下雨
ずぶ濡(ぬ)れ	(名 /0)	全身濕透
途中(とちゅう)	(名 /0)	中途做到一半
最後(さいご)	(名 /1)	最後
気温(きおん)	(名 /0)	氣溫
氷河(ひょうが)	(名 /1)	冰河
本業(ほんぎょう)	(名 /0)	正職、本行
副業(ふくぎょう)	(名 /0)	副業
才能(さいのう)	(名 /0)	才能、才幹
現場(げんば)	(名 /0)	工地現場
余裕(よゆう)	(名 /0)	從容、寬裕

予備校（名 /0）	升學補習班
大惨事（名 /3）	大災難
送別会（名 /4）	歡送會
ピル（名 /1）	避孕藥
ベル（名 /1）	鈴、鈴聲
ジム（名 /1）	健身房
トレーニング（サ /2）	健身、鍛鍊
ネットショッピング（名 /4）	網路購物
ランプ（名 /1）	燈
シリーズ（名 /2）	系列
相当（副 /0）	頗 ...、相當
一旦（副 /0）	一旦、暫且
一斉に（副 /0）	同時、一起
順調に（副 /0）	進行順利
動画配信（名 /4）	影視串流
行方不明（名 /4）	下落不明
～巻（助數）	... 冊、券
公共の　場（慣）	公共場合
当分の　間（慣）	暫且
元の　場所（慣）	原處
軌道に　乗ります（慣）	經營等上軌道
対策を　打ちます（慣）	下對策
お世話になりました。（慣）	感謝您的照顧
お元気で。（慣）	保重
仲が　いい／悪い（慣）	感情好／不好
新型コロナウイルス（名）	武漢肺炎 新型冠狀病毒

句型一

～始(はじ)めます

　　此句型源自動詞「始(はじ)める（開始）」一詞，接續動詞連用形（ます形）後，表「開始做此動作」。此外，由於說話時，此動作多半都已經開始，因此多使用過去式「～始(はじ)めました」。

例句

・いつ　日本語(にほんご)を　習(なら)い始(はじ)めましたか。（你什麼時候開始學日文的？）

・外(そと)が　暗(くら)く　なり始(はじ)めたから、　そろそろ　帰(かえ)ろう。
（外面的天色開始變暗了，差不多該回家了。）

・父(ちち)は　歌(うた)を　歌(うた)い始(はじ)めたら、　止(と)まらなく　なります。
（我老爸只要一開始唱歌，就停不了了。）

・小説(しょうせつ)を　書(か)き始(はじ)めた　ばかりなので、　いつ　完成(かんせい)するかは　わかりません。
（我才剛剛開始寫小說，所以不知道什麼時候會完成。）

・明日(あした)の　運動会(うんどうかい)は　予定通(よていどお)りに　開催(かいさい)します。　途中(とちゅう)で　雨(あめ)が　降(ふ)り始(はじ)めた　場合(ばあい)は　中止(ちゅうし)します。
（明天的運動會按照預定舉行。舉行到一半下雨的話，就中止。）

・どう　書(か)けば　いいか　わからない　まま　作文(さくぶん)を　書(か)き始(はじ)めた。
（我就在不知道怎麼寫才好的狀態下，提筆開始寫起了作文。）

練習A

1. 雨が　降り　始めました。
   電車が　動き

2. 翔太君は　やっと　宿題を　し　始めた。
   動画配信を　見ながら　ご飯を　食べ

練習B

1. 例：株価が　下落し始めます・どう　すれば　いいですか（～たら）
   → 株価が　下落し始めたら、　どう　すれば　いいですか。
   ① 仕事を　やり始めました・わからない　ことが　たくさん　ある
   （～ばかりだから）
   ② 犬を　飼い始めます・毎日　早く　帰る　ように　します（～から）
   ③ 今から　仕事を　やり始めます・今日中に　終わらないぞ（～ないと）
   ④ せっかく　桜が　咲き始めました・雨続きで　残念です（～のに）
   ⑤ 今から　予備校に　通い始めます・無駄だ（～ても）
   ⑥ ピルは　いつから　飲み始めます・いいですか（～ば）

句型二

～出します

此句型源自動詞「出す」一詞，接續動詞連用形（ます形）後，亦表「開始做此動作」。與上個文法「～始める」不同之處，在於「～出す」有「突然」開始的意思。因此也經常伴隨著「急に」等副詞使用。

例句

・会社に 行く 途中で、 急に 大雨が 降り出して ずぶ濡れに なって しまった。（公司的途中，突然下起了大雨，害我全身淋濕。）

・急に ベルが 鳴り出して、 びっくりしました。
（鈴聲突然響起，嚇了我一大跳。）

・危ない！ 急に 走り出すな！（很危險，不要突然跑了起來。）

・お腹が 相当 空いて いたのか、 彼は みんなを 待たないで、 一人で 食べ出した。
（他可能很餓了，沒等大家就自個兒吃了起來。）

・レストランなどの 公共の 場で 赤ちゃんが 泣き出した 場合は、 一旦 外に 出て 赤ちゃんを 落ち着かせましょう。
（在餐廳等公共場合，小孩突然哭出來的話，就暫且先離開到外面，讓嬰兒冷靜吧。）

練習A

1. 雨(あめ) が 急(きゅう)に 降(ふ)り 出(だ)した。
   電車(でんしゃ)　　　　動(うご)き

2. 彼女(かのじょ)は 突然(とつぜん) 泣(な)き 出(だ)した。
   選手(せんしゅ)たちは 一斉(いっせい)に 走(はし)り

練習B

1. 例(れい)：犬(いぬ)が 吠(ほ)えます。
   → 犬(いぬ)が 急(きゅう)に 吠(ほ)え出(だ)して、 びっくりしました。
   ① 彼(かれ)が 笑(わら)います。
   ② 上司(じょうし)が 怒(おこ)ります。
   ③ 止(と)まって いる 電車(でんしゃ)が 動(うご)きます。
   ④ 電車(でんしゃ)の 中(なか)で 前(まえ)の 乗客(じょうきゃく)が 踊(おど)ります。
   ⑤ 変(へん)な 人(ひと)が こっちに 向(む)かって 走(はし)ります。
   ⑥ レストランで 隣(となり)に 座(すわ)って いる 人(ひと)が 歌(うた)います。

句型三

～続けます

此句型源自動詞「続ける（持續）」一詞，接續動詞連用形（ます形）後，表「持續做某動作」或「某狀態持續」。

例句

・国へ　帰っても　日本語を　勉強し続ける　つもりです。
（即使回國後，我也打算持續學習日文。）

・彼は、　家から　飛び出して　行方不明に　なった　犬を　探し続けた。
（他持續地找著從家裡跑出去不知去向的小狗。）

・約束の　場所で　友達を　1時間も　待ち続けましたが、　来ませんでした。
（我在約定的地方等朋友持續等了一小時，但他還是沒來。）

・毎日　練習し続ければ、　必ず　できるように　なります。
（每天持續練習的話，到最後一定學得會。）

・円安の　影響で、　海外で　働く　日本人は　これからも　増え続けるだろう。
（因為日幣貶值，到海外工作的日本人，今後也會持續增加吧。）

・新型コロナウイルスの　感染は、　拡大し続けて　いる。
（武漢肺炎的感染狀況持續擴大當中。）

練習A

1. 昨日(きのう)から　雨(あめ)が　降(ふ)り　続(つづ)けて　います。
   さっきから　電話(でんわ)が　鳴(な)り

2. 先生(せんせい)が　来(き)ても、　子供(こども)たちは　遊(あそ)び　続(つづ)けた。
   昨日(きのう)、　彼女(かのじょ)と　電話(でんわ)で　3時間(じかん)も　話(はな)し

練習B

1. 例(れい)：ここは　いい　会社(かいしゃ)なので、　ずっと　ここで　働(はたら)きたいです。
   → ここは　いい　会社(かいしゃ)なので、　ずっと　ここで　働(はたら)き続(つづ)けたいです。
   ① 諦(あきら)めないで、　最後(さいご)まで　走(はし)って　ください。
   ② 大学卒業後(だいがくそつぎょうご)も、　実家(じっか)に　住(す)む　つもりです。
   ③ 結果(けっか)が　出(で)るまで、　頑張(がんば)る　ことが　大事(だいじ)です。
   ④ この　スマホは、　もう　5年以上(ねんいじょう)も　使(つか)って　います。
   ⑤ ランプが　点滅(てんめつ)する　場合(ばあい)は、　再起動(さいきどう)　して　みて　ください。
   ⑥ このまま　気温(きおん)が　上(あ)がると、　氷河(ひょうが)が　溶(と)けて　大惨事(だいさんじ)に　なります。

句型四

～終わります

此句型源自動詞「終わる（結束）」一詞，接續動詞連用形（ます形）後，表「某動作或事件結束／完成」。不可用於自然現象或生理現象（× 雨が　降り終わった／ × 赤ちゃんが　泣き終わった）。

例句

・昼ご飯を　食べ終わった？　食べ終わったら、　宿題を　しなさい。

（中餐吃完了嗎？吃完就去做作業。）

・必ず　第１巻を　読み終わってから　第２巻を　読んで　ください。

（請一定要讀完第一冊後，再讀第二冊。）

・この　雑誌は　もう　読み終わったから、　捨てても　いいよ。

（這本雜誌已經讀完了，可以丟掉了喔。）

・レポートが　書き終わるまで、　教室から　出ないで　ください。書き終わった　人は　帰っても　いいです。

（報告做完之前，請不要離開教室。寫完的人，可以回家了喔。）

・ジムで　トレーニングし終わった　後は、　いつも　みんなで　美味しいものを　食べに　行く。

（在健身房訓練完成後，總是大家一起去吃好吃的東西。）

練習A

1. やっと　この　本を　読み 終わった。
   - この　本を　読み
   - 論文を　書き
   - 勉強し

練習B

1.　例：説明を　読みました・私を　呼んで　ください（～たら）

　→　説明を　読み終わったら、　私を　呼んで　ください。

　① DVD を　見ました・これから　寝ます（～ので）

　② 全員が　食べました・お皿を　下げます（～てから）

　③ はさみを　使いました・元の　場所に　戻して　おいて　ください

　　（～たら）

　④ 質問は　私が　話します・待って　ください（～のを）

　⑤ 私が　勉強します・話しかけないで（～まで）

　⑥ 掃除しました・ゴミを　捨てて　来い（～後）

本文

（王先生離開公司創業，同事為他歡送）

陳：独立、　おめでとう　ございます。　大阪で　起業ですか、
　　すごいですね。

呂：社員の　雇い入れや　事務所の　契約とか、　順調に
　　進んで　いますか。

王：最初は、　お金も　なく、　お客さんも　いないので、
　　一人で　やる　つもりですが、　経営が　軌道に
　　乗り始めたら、　人を　雇い入れようと　思って　います。

吉田：社長に　なるんですね。　会社が　安定したら、　雇って
　　ください。
　　ついて　いきます。

松本：副業の　ネットショッピングは　続けますか。

王：はい。　初めは　仕事の　依頼も　少ないだろうと
　　思いますから、　本業だけでは、　食べて　いけるか
　　どうか　心配ですし、　当分の　間は　やり続ける
　　つもりです。

松本：それも　そうですね。　頑張って　ください。

小陳：恭喜你獨立。在大阪創業啊，好厲害喔。

呂　：雇用員工，以及辦公室簽約等，進行得順利嗎？

王　：一開始因為沒錢也沒客人，所以我打算一個人做。

等到經營開始上軌道再雇人。

吉田：你要當社長了耶。等到你公司安定以後，請雇用我，我跟著你去。

松本：你的網購副業會繼續嗎？

王　：會。剛開始時，我想案子也很少，光靠本業，我擔心能不能活下去，

所以短期內會繼續做下去。

松本：也是。加油！

松本：あっ、 山田さん、 王さんへの カード、

書き終わりました？

今、 渡して おかないと …。

どうしたんですか、 急に 泣き出して。

山田：だって、 王さんが 大阪へ 行っちゃったら、

寂しく なるんだもん。

王 ：みなさん、 本当に いろいろ お世話に なりました。

大阪へ 来たら いつでも 連絡を ください。

美味しい 料理 ご馳走しますから。

では、 皆さん お元気で。

松本：對了，山田小姐，要給王先生的卡片，寫完了嗎？現在不交給他的話

（就來不及了）。你怎麼了呢？怎麼突然哭了出來。

山田：因為，小王去了大阪後，（大家）會寂寞啊。

王　：各位，真的謝謝大家的關照。有來大阪的話，隨時聯絡我喔。

我請你們吃好吃的料理。那麼，請大家多多保重了。

隨堂測驗

填空題

1. 今から　レポートを　書き（始め→　　　　　　　）も、
締め切りには　間に　合わない。

2. 相続の　ことは、　いつ頃から　考え（始め→　　　　　　　）ば　いいですか。

3. 赤ちゃんが　泣き（出し→　　　　　　　）ら、　まずは　抱っこして　あげましょう。

4. 急に　雨が　降り（出し→　　　　　　　）、　帰れなく　なった。

5. 一生、　学び（続け→　　　　　　　）つもりです。

6. 人口が　減り（続け→　　　　　　　）いるのに、
政府は　なんの　対策も　打たない。

7. その　本を　読み（終わ→　　　　　　　）ら、　返して　ください。

8. 私が　レポートを　書き（終わ→　　　　　　　）まで、
ここで　待って　いて　ください。

選擇題

1. 日本（　）　起業は、　在留資格を　取得しなければ　なりません。

1　で　　2　へ　　3　での　　4　への

2. 先生（　）　手紙は　もう　出しました。

1　に　　2　へ　　3　にの　　4　への

3. 顔（　）　金（　）　ない　あなたと、　誰が　付き合うの？

1　は／が　　2　と／と　　3　に／も　　4　も／も

4. 王さんと　仲が　悪い　彼は　送別会には、　来ない（　）と　思います。

1　でしょう　　2　だろう　　3　ばかりだ　　4　ままだ

5. 努力や　才能だけ（　）　成功できません。

1　では　　2　でも　　3　での　　4　ばかり

6. A：なんで　王さんと　仲直りしないの？

B：（　）　私の　せいじゃ　ないもん。

1　それで　　2　だって　　3　ところで　　4　つまり

翻譯題

1. 工事が　順調に　進んでいるか　どうか、　現場に　行って　確かめて　きて。

2. うちは　小さい　会社ですから、　さらに　人を　雇い入れる　余裕は　ない。

3. 今日は　忙しくて　疲れただろうから、　ゆっくり　休んでね。

4. 小狗突然吠（吠えます）了起來，嚇了我一大跳。

5. 社長連續講話（喋ります）講了兩小時。

6. 這部影集全系列（全シリーズ）我都看完了。

本書綜合練習

填空題

01. 暑い日は、 肉類の もの（　　　） 腐りやすいです。

02. 東京は 人が 多くて、 私（　　　）は 住みにくいです。

03. 無症状ですから、 自分（　　　）は 気が つきにくい 病気です。

04. お酒（　　　）飲み過ぎは 体に よくないです。

05. 怪しいです。 いくらなん（　　　） 安すぎます。

06. 日本人の 先生と、 マンツーマン（　　　） 授業を 受けて います。

07. お客様（　　　） もっと 来る ように、 売り場を リニューアルしました。

08. 後ろの 人（　　　）も 聞こえる ように、 大きい 声で 話して います。

09. 嫌われない よう（　　　）、 人の 悪口を 言うのを やめよう。

10. できる（　　　） 運動するように して ください。

11. 頑張って 勉強すれば 大学（　　　） 受かります。

12. この 薬さえ 飲め（　　　）、 治ります。

13. あなた（　　　） 行けば、 私も 行きます。

14. A：陳さん　いる？　B：陳さん（　　　）　さっき　帰ったよ。

15. この　仕事は、　やれば　やる（　　　）　好きに　なります。

16. 店が　暇（　　　）　暇なほど、　収入が　減る。

17. 書類（　　　）　押印（　　　）　必要な　場合は、　私に　言って　ください。

18. コピー機が　使えない　ままだ（　　　）　困るから、
早く　修理を　頼んで　ください。

19. 久しぶり（　　　）　彼に　会ったが、　昔の　ままです。

20. (遊びます　→　　　　　　　　)ばかり　いないで、　勉強しなさい。

21. さっき　おやつを　(食べます→　　　　　　　　)ばかりでしょう？
もう　ないです。

22. 私が　言う　通り（　　　）　しなさい。

23. 美味しかったです。　期待通り（　　　）　料理でした。

24. どうしたの？　急（　　　）　泣き出して。

25. クレジットカード（　　　）の　支払いは、　手数料が　かかります。

26. 色々　お世話に　なりました。　では、　お元気（　　　）。

選擇題

01. A社の　パソコンは　軽くて　使い（　）です。

1　やすい　　2　にくい　　3　つらい　　4　すぎ

02. この　問題は　大学生には　（　）　すぎます。

1　簡単に　　2　簡単な　　3　簡単で　　4　簡単

03. A：この　タブレットは　重すぎます。

B：（　）、　こちらの　製品は　いかがですか。

1　それから　　2　でしたら　　3　あるいは　　4　ところで

04. 親が　心配しない（　）、　毎日　連絡して　います。

1　ように　　2　ために　　3　のに　　4　には

05. やっと　日本語で　手紙が　（　）　ように　なりました。

1　書く　　2　書こう　　3　書ける　　4　書いた

06. 雨が　（　）、　公園へ　遊びに　行こう。

1　止めば　　2　止んだら　　3　止むなら　　4　止むと

07. これ（　）　あれば、　他に　何も　要らない。

1　しか　　2　こそ　　3　さえ　　4　まで

08. 温泉（　）　箱根が　いいよ。

1　なら　　2　でも　　3　では　　4　とは

09. 昨日(きのう)は とても 疲(つか)れて いたので、 お風呂(ふろ)に （ ） 寝(ね)て しまった。

1 入(はい)る 場合(ばあい)　2 入(はい)った 場合(ばあい)

3 入(はい)らない まま　4 入(はい)って まま

10. 予約(よやく)したのに 行(い)かなかった （ ）、 全額(ぜんがく) 請求(せいきゅう)されます。

1 まま　2 ように　3 場合(ばあい)は　4 と

11. これから （ ） 通(とお)りに やって みて ください。

1 言(い)う　2 言(い)って　3 言(い)った　4 言(い)の

12. あの 男(おとこ)の子(こ)は、 女(おんな)の子(こ)（ ） 話(はな)して います。

1 ばかりと　2 がばかり　3 をばかり　4 でばかり

13. 甘(あま)い ものばかり （ ） いると、 目(め)が 悪(わる)く なりますよ。

1 食(た)べた　2 食(た)べて　3 食(た)べ　4 食(た)べる

14. 電車(でんしゃ)が 急(きゅう)に 動(うご)き（ ）、 びっくり した。

1 続(つづ)けて　2 終(お)わって　3 出(だ)して　4 出(で)て

15. 大阪(おおさか)へ 来(き)たら、 いつ（ ） 連絡(れんらく)を ください。

1 には　2 まで　3 から　4 でも

Memo

Memo

日本語 - 09

穩紮穩打日本語 進階 4

編著	目白 JFL 教育研究会
代表	TiN
排版設計	想閱文化有限公司
總編輯	田嶋 恵里花
發行人	陳郁屏
插圖	想閱文化有限公司
出版發行	想閱文化有限公司
	屏東市 900 復興路 1 號 3 樓
	Email： cravingread@gmail.com
總經銷	大和書報圖書股份有限公司
	新北市 242 新莊區五工五路 2 號
	電話：(02)8990 2588
	傳真：(02)2299 7900
初版	2024 年 03 月
定價	300 元
ISBN	978-626-97662-4-6

國家圖書館出版品預行編目 (CIP) 資料

穩紮穩打日本語 . 進階 4 / 目白 JFL 教育研究会編著 . -- 初版 . --
屏東市 : 想閱文化有限公司 , 2024.02
面； 公分 . -- (日本語 ; 9)
ISBN 978-626-97662-4-6(平裝)

1.CST: 日語 2.CST: 讀本

803.18 113002173